真実の欠片《かけら》

深川の重蔵捕物控ゑ3

西川　司

時代小説
二見時代小説文庫

目次

真実の欠片《かけら》——深川の重蔵捕物控ゑ3

第一話　迷子と捨て子

一

天保《てんぽう》十四年——弥生《やよい》も末になると、賑やかな花見の季節は過ぎ去り、次にやってくる華やかで勇壮な初夏を代表する浅草三社権現《あさくささんじゃごんげん》の祭礼も終わると、江戸の人々は遊び疲れたあとのような虚脱感を覚える。

青物や魚、総菜などを扱う触れ売りの声も張りがないように聞こえ、往来を行き交う商人やおかみさんたちの歩く姿も心なしかだるそうに見える。

そんなけだるい雰囲気に包まれている、三月二十六日の朝五ツだった。

深川永堀町《ふかがわながほりちょう》の荒物屋『若狭屋《わかさや》』から、あたり一帯に響き渡るほどの悲鳴が上がった。

悲鳴を上げたのは『若狭屋』の通いの番頭、六兵衛《ろくべえ》だった。

五十をいくつか過ぎた六兵衛は、『若狭屋』の裏の長屋から、毎朝きっちり五ツにやってきて、店を開ける準備に取りかかるのが日課になっている。

しかしその日の朝は、いつもと様子が違っていた。閂《かんぬき》が外されている家の裏口から六兵衛が入って店の帳場にいくと、普段なら気配を察した主《あるじ》の新左衛門《しんざえもん》がやってきて挨拶を交わすのだが、その日の朝は、どういうわけかいつまで経っても新左衛門は姿を見せなかったのである。

それればかりではない。いつもなら、どこの雨戸も開けられているのに、その朝はすべての雨戸が閉まったままだった。

怪訝に思った六兵衛が、「旦那さま、おはようございます」といいながら薄暗い廊下を通って居間にいってみても、新左衛門の姿はなかった。

その居間で、朝食前に夫婦で茶を飲むのが日課になっているのだが、お内儀のおしげの姿もなく、夫婦で茶を飲んだ様子もなかった。

怪訝に思いながら、六兵衛は奥の寝間のほうに進み、襖の外からおとないを告げてみたが、返事はなかった。

「旦那さま、お内儀さま、おはようございます。六兵衛でございます。まだ、お休みでございますか？」

ふたたび声をかけてみたが、なんの返事もない。

次第に胸騒ぎを覚えてきた六兵衛は、

「お開けして、よろしゅうございますか？」

一瞬、返事を待ってみたが、やはりないので、六兵衛は思い切って襖を開けた。

と、むっとする空気と血生臭さが、鼻孔を突いてきて、六兵衛は思わず顔をしかめた。

そして、薄暗い室内に目を凝らすと、薄暗がりに慣れた六兵衛の目に異様な光景が飛び込んできた。

六兵衛は声を失い、膝を折ったまま、目を見開き口をぽっかり開けて大きく仰《の》け反《ぞ》った。

無理もない。廊下に近い畳の上に、五十七になる上等な着物を着た新左衛門が苦悶の色を濃く浮かべた表情で、目と口をかっと開いたまま仰向けに倒れており、あたり一面がどす黒い血で染まっていたのである。

新左衛門から離れた室内の奥のほうの畳の上に、女房のおしげは逃げようとしたのだろう、血まみれでうつ伏せに倒れていた。

主夫婦の寝間には、蘇芳《すおう》の樽を浴びたような主夫婦の亡骸《なきがら》が転がっており、壁や襖、畳のあちこちに大量の血が飛び散っていて、まさに血の海と化していた。布団が敷いてなく、主夫婦が寝間着姿でないところを見ると、目覚めて着替えを終えたところに賊が押し入って殺したのだろう。

「だ、だれかっ……た、助けてくれぇっ……だれかっ！……」

あまりに無惨な光景を目の当たりにした六兵衛は、喉の奥からようやく掠《かす》れた声を出したが、もっと大きな声で叫ぼうにも体が震え、腰が抜けたようになって、思うように声と体がいうことを聞いてくれないのだった。

二

深川一帯を取り仕切っている岡っ引きの重蔵《じゅうぞう》が、同心の千坂京之介《ちさかきょうのすけ》と義理の弟で下っ引きの定吉《さだきち》を伴って現場にやってきたのは、『若狭屋』の番頭・六兵衛が、地獄絵図のような光景を目にしてから一刻ほど経ったころである。

「こいつぁ、ひでぇ……」

雨戸から侵入した形跡がないことを確かめてから雨戸を開け、『若狭屋』の主夫婦の寝間の襖が開け放たれている廊下に佇《たたず》んだ定吉が、陽の光が入って明るくなった寝間の地獄絵図のような光景を見たとたん、苦《にが》い漢方薬を飲んだように顔をしかめ、唸るようにいった。

定吉の隣には重蔵が、その隣には京之介が並ぶように立っている。

血を見るのが苦手で、錦絵から抜け出てきたような容姿ながらどこか哀愁を漂わせている京之介は美顔を歪ませて、血まみれの寝間から目を逸らしている。

「この家に住んでいるのは、新左衛門とおしげだけかい？」

廊下に正座して、主夫婦の寝間を見ないようにしている六兵衛のそばに腰を落として重蔵が訊いた。

「いえ、坊ちゃんが一緒に暮らしています。新太郎《しんたろう》さまと申されまして、十七になります」

六兵衛は、おずおずしながら答えた。

「今、どこにいるんだね？」

「はい。この廊下の突き当たりを右に曲がった奥が、坊ちゃんのお部屋でして、そこで世話役の女中頭《がしら》のおくまと一緒でございます」

『若狭屋』の奉公人たちは、すべて通いの者たちばかりで、すでに全員店にきているが、六兵衛は、だれも主夫婦の寝間には近づかないようにいいつけてあるという。

「息子の新太郎さんは、賊が押し入ったことに気付かなかったのかい？」

重蔵は腰を落としたまま、血の海と化している寝間を改めて隅から隅まで眺めまわすようにしながら訊いた。

「そのようでございます……」

六兵衛の物言いは、どこか歯切れが悪かった。

「しかし、相当な叫び声や喚《わめ》き声があったはずですぜ」

重蔵に倣うように腰を落とした定吉が、納得できないとばかりに口を挟んだ。

「それがですね、新太郎坊ちゃんは、早朝から出かけていたようでございまして。戻られたのは、半刻ほど前でございますので、なにが起きたのか今も存じ上げておりません……」

六兵衛は、困り果てた顔をしている。

「ということは、番頭さん、新太郎さんは、あんたがこの家にくる前に出かけていたのかい？」

重蔵が訊くと、

「はい。そのようでございます。旦那さまとお内儀さまのあんな酷いお姿を見せてはならないと、奥の坊ちゃんの部屋に這うようにしていきましたら、坊ちゃんのお姿はなかったですから。ここのところ、坊ちゃんは、町木戸が開く早朝にどこかへ出かけるようになってしまいまして。わたしどももどうしたものやらと頭を悩ませていたところでございまして」

六兵衛は慌てていった。

「ということは、新太郎さんが裏口の門を開けていたということか……」

「――そういうことになりましょうか……」

六兵衛は口ごもった。

すかさず定吉が、

「てぇことは、親分、賊は新太郎さんが出かけたのを待って、すぐに押し入ったってぇことになりますね。まだ、それほど血も固まってねぇですから……」

と、重蔵に確かめるようにいった。

庭に目を向けていた京之介が、

「そういうことだろうな。この家を囲んでいる塀は、馬鹿に高いうえに忍び返しがついている念の入れようだ。それに、賊はかなり返り血を浴びているはずで、塀の近くに背の高い庭木もないから、仮に塀に上《のぼ》って逃げたなら血の跡があるはずだが、それも見当たらなかった――つまり、賊は裏口から入って、裏口から出ていったことになる」

淡々とした口調でいう京之介を、重蔵はまぶしそうに見上げた。寝間にくるとき、一緒に家に入ったはずの京之介が、やや遅れてきたのを重蔵は思い出した。

（ふふ。さっき、若旦那は厠《かわや》にでもいったのかと思っていたが、賊が塀から入ったかどうか調べていたんですね。お見逸《みそ》れしました……）

血を見るのが苦手で、いつもやる気があるのかないのかわからない様子の京之介だったが、それはうわべだけで、このところの京之介は重蔵でさえも思いもつかぬことをいったり、見ていたりして感心させられることが多くなっている。

重蔵に岡っ引きの手札を与えてくれた今は亡き、京之介の父、千坂伝衛門《でんえもん》から今際《いまわ》の際《きわ》に、京之介を一人前の同心にしてくれと、重蔵は頼まれたのだ。

だから、少しずつではあるが、立派な同心に近づきつつある京之介を見ると、重蔵は嬉しくもあり頼もしくも思うのだが、そんな気持ちは表立っては露ほども見せない。

「若旦那、ほかになにか気付いたことはありますかい？」

重蔵は、挑発的ともとれる物言いをして訊いた。

「賊はひとりのようだ。寝間の畳に血のついた足跡を拭いた跡があるが、ひとり分しかないからね。その拭いた足跡も廊下の前で消えている。おそらく履いていた足袋を脱いで、堂々と廊下を歩いて裏口にいったんだろう。いずれにせよ、主夫婦に強い怨みがある者が殺《や》ったことには間違いないんじゃないのかねぇ」

京之介は、涼しい顔をして答えた。

(ふふ。見ていないようで、ちゃんと見ていなさる)

重蔵は胸の内で感心していた。

「おれも若旦那の見立てとほぼ同じです。それにしても、新左衛門がざっと見ただけでも六か所、おしげは五か所、匕首《あいくち》のようなものでめった刺しだ。番頭さん、新左衛門とおしげを怨んでいる者に心当たりはないかね?」

廊下から血の跡を踏まないように慎重な足取りで、亡骸に近づいていき、刺し傷を調べた重蔵が六兵衛に訊いた。

「旦那さまもお内儀さまも、とにかく勤勉で真っ正直。それはいい方たちで、わたしども奉公人たちへもたいへんよくしてくれていましたし、お客さまたちや取引先からもそれは評判がようございました。そんな旦那さまやお内儀さまを怨むという者など、とんと見当がつきません。はい……」

昔は貧しかったという主夫婦が一代で今の身代を築き上げたのは、正直さをもって働きづめに働いた結果であって、人から怨みを買うなぞとは無縁のふたりだと六兵衛は言い張った。

「そうかい。じゃあ、新左衛門とおしげにここのところ、なにか変わったようなことはなかったかね？」

「さぁ、これといった心当たりはございませんが……」

「ふむ。じゃあ、店の金を盗まれたというようなことはないかね？」

重蔵が訊くと、六兵衛は待ってましたとばかりに、

「はい。それがですね、帳場から二十両だけなくなっておりました」

と、語気を強くして答えた。

「二十両だけ？　全部盗まれたってわけじゃないということかね？」

「そうなんです。切り餅二つで、五十両あったはずなのですが、切餅のひとつのほうの包み紙から二十両だけ盗って、残りの五両は置いてございました」

「――ふむ。そりゃ、妙といえば妙だな……」

重蔵は首をひねった。

三

六兵衛からだいたいの話を聞いた重蔵は、『若狭屋』のひとり息子、新太郎のいる奥の部屋にいって話を聞くことにした。

京之介には六兵衛とともに二十両以外に被害がないかを改めて確かめてもらい、定吉には奉公人たちから、新左衛門とおしげの人柄や周囲の人々からの評判、だれかから怨みを買うことはなかったかを訊くように頼んだ。

「入っていいかい？」

重蔵は、廊下から障子戸の向こうにいる新太郎と女中のおくまに声をかけた。

「あ、はい。どうぞ――」

障子を開けて室内に入ると、肩幅のがっしりした四十過ぎの女中頭で、新太郎の世話をしているというおくまが、新太郎と姉様人形でままごとをしていて、重蔵は少々戸惑った。

明るい藍《あい》色の鮫小紋《さめこもん》の着物を身に纏っている新太郎は色白で、目鼻立ちは整っているが、いかにも苦労知らずというつるりとした顔をしている。

「少し、話を訊かせてもらっていいかい？」

「わたしもいてよろしゅうございますか？」

おくまが心配顔で訊いた。

「うむ。いてもらったほうがいいようだな」

新太郎は重蔵が入ってきたこともわからなかった様子で、姉様人形を相手ににこにこしながらなにやら話しかけている。両親が殺されたことを本当に知らないようだ。

番頭の六兵衛の話によると、新太郎は少しばかり知恵が遅れているのだという。実際、本人を見てみると、顔立ちといい、人形を使ってままごと遊びをしている姿といい、十六よりはるかに幼く思える。

そんな新太郎だけに、六兵衛は新左衛門とおしげが殺されたことを伝えるのは酷であるし、どこまで理解できるのか、あるいは予想だにしない反応をするかもしれないと思い、伝えていないということだった。

それにしても父親の新左衛門は五十七で、おしげは五十そこそこ。ふたりにとって、新太郎は孫といってもおかしくない年頃である。

「新太郎さんの年は、十七だそうだね」

重蔵は、おくまに確かめた。

「あ、はい。でも、確かではありません」

おくまは、伏し目がちになって答えた。

「確かじゃない？」

重蔵は眉をひそめた。

「実はその……番頭さんから、訊かれたことにはなんでも正直に答えなさいといわれているのでいいますが、新太郎坊ちゃんは、旦那さまとお内儀さまの本当のお子ではないんです」

おくまの話によると、新太郎は十五年前の花見の季節、新左衛門とおしげが名所の上野《うえの》の山にいった際に親とはぐれて泣いている、三つになるかならないかくらいの迷子をみつけた。それが新太郎なのだという。

子のなかった新左衛門とおしげは、すぐにも天からの授かりものだとして我が子にしたいと思ったが、万が一のことを考えて人を使って親を探してみた。

しかし、ひと月経ってもふた月経っても親だという者が現れることはなかった。

そこで、新左衛門とおしげ夫婦は、番屋に届け出て、新太郎を跡取り息子として正式に養子にしたのだという。

「迷子札も身につけてなかったのかい？」

「はい。そのようです」

新左衛門とおしげは、新太郎をそれは可愛がって大切に育てたという。

「だから、十七という年は確かなものではないということか……」

「はい……」

新太郎は屈託のない笑顔で、姉様人形を相手にまだなにやら小声で話しかけている。

（そして、迷子のまんま、年を重ねてしまったか……）

悲惨な状況下にあるこの家の中で、新太郎の周りだけが浮世離れしているように、重蔵には見える。

「産みの親と生き別れ、今度は養い親をこんな形で亡くすなんて、新太郎坊ちゃんが不憫でなりません。見ておわかりのように、新太郎坊ちゃんはおっとりというか、頼りないところがおありなもので、そりゃあ、旦那さまもお内儀さまも案じていらっしゃいました。果たして、お嫁さんにきてくれる方がいらっしゃるものやらどうやらと、とても心を痛めておられました……」

優しいなかにもしっかり者の感じが雰囲気からにじみ出ているおくまだったが、そこから先は言葉に詰まり、袖で目頭を拭った。

「ねぇ、おじさん」

突然、姉様人形でひとり遊びしていた新太郎が、遊ぶ手を止めて重蔵に声をかけてきた。

「ん？　なんだい？」

一瞬、虚を衝かれた重蔵が新太郎を見ると、

「おとっつぁんとおっかさんに、まだ会えないの？」

と訊いてきた。新太郎の瞳には、一点の曇りもない。

重蔵がおくまを見やると、おくまは困り果てた顔をしている。

「うん。おとっつぁんとおっかさんは、ちょいと遠くに出かけたそうだ」

重蔵は、とっさに嘘をついた。さしもの重蔵も、うまい考えがうかばなかったのである。

「ふーん。おじさん、とっても強くて、やさしい人でしょ？」

新太郎は、重蔵の顔を下から覗くように見て訊いてきた。

「ふふ。さぁ、どうかなぁ」

重蔵が少し照れた笑みを浮かべていうと、

「だけど、悪い人には、とっても怖い人になる」

新太郎は、きっぱりした口調でいった。

「ああ、それは当たりだ」

重蔵も真面目な顔をして、新太郎の瞳をしっかり見つめて答えた。

「おいら、頭、弱くなんかないんだから。なんでもわかっちゃうんだから――」

新太郎はなにかを思い出したように、顔をぷぅっと膨らませていった。

「だれにそんなことをいわれたんだね？」

重蔵がすかさず訊くと、

「それはね、それは――」

と、新太郎は重蔵から視線を外して宙に向け、少ししてから、また重蔵を見て、

「〝ひ・み・つ〟――」

といって、けらけらと笑い出した。

まいったな――そんな顔で、重蔵がおくまを見ると、おくまも困ったという顔をして首をすくめた。

すると、笑っていた新太郎がぴたりと笑いを止めて、

「あ、そうだ。ねえ？　おとっつぁんとおっかさん、本当においらを置いて遠くにいっちゃったの？……」

新太郎は、幼い子供のようにべそをかきはじめた。

重蔵は慌てて、

「坊ちゃん、その姉様人形、かわいいねぇ」

と、作り笑いを浮かべて大げさにいってみた。

すると、新太郎はべそをかいていた顔から急にうれしそうな顔になって、

「えへへ。おじさん、このお人形さんはね、おねぇちゃんが作ってくれたんだ」

と得意顔でいった。

姉様人形は、縮ませた和紙で島田《しまだ》、丸髷《まるまげ》、桃割《ももわ》れなど女の髪型を真似て作り、千代紙などで作った着物を着せた紙人形で、幼い子がままごとをして遊ぶためのものだ。

「おねぇちゃん？」

重蔵は新太郎に訊き返し、おくまを見た。

おくまは、だれから見ても、おねぇちゃんには見えない。

案の定、おくまは恥ずかしそうな顔をして、手を顔の前で横に振った。

「うん。おいらにねぇ、おねぇちゃんができたんだ」

と、新太郎は誇らしげにいった。

どういうことだい？——重蔵は、ふたたび、おくまに顔で訊いた。

おくまは、重蔵の耳に口を近づけると、

「ここのところ、あんなことをいうようになったんですよ。もちろん、新太郎坊ちゃんに姉などおりません」

といった。

「じゃあ、おねぇちゃんて、だれのことかね？」

重蔵も小声で訊くと、

「はい。それがわからないんです」

おくまは、申し訳なさそうな顔をして答えた。

「わからない？」

「新太郎坊ちゃんは、ちっちゃいときから、ちょっと目を離すとふらっと外に出ていく癖がございまして、なにか珍しい物売りなんぞがいると、その人の後《あと》をついていって迷子になってしまうんです。そんなときは、わたしたち奉公人がみんなして探し回って、見つけるのにたいへんな思いをしたものですが、大きくなってからはそんなこともなくなって、ほっとしていたんですけど、半月ほど前からまた、その癖が頻繁に出るようになってしまったんです。でも、わたしたちが見つける前に、夕方になるとちゃんとひとりで帰ってくるんです。あの姉様人形は、三日前に家から出ていって、帰ってきたときに大事そうに手にしていたものです」

「どこにいっていたのか、訊いたのかね？」

「もちろん、訊きましたとも。でも、新太郎坊ちゃんは、さっきみたいに〝ひ・み・つ〟って、にこにこしながらいったきり教えてくれようとしませんで……」

おくまは、眉を寄せて悲しそうな顔をしていった。

「三日前か……ここのところは、それきり出かけてないのかい？」

「はい。でも、いつもわたしの目を盗んで出かけようとするんです。そのたびに、どこにいこうとしたんですかと訊くと、おねぇちゃんのところって……」

「ふむ——しかし、そのおねぇちゃんが、どこに住んでいるかは教えてくれないんだね？」

「はい。〝ひ・み・つ〟って……」

重蔵は、改めて、また姉様人形相手にひとり遊びをしている新太郎を見つめた。

（新太郎のいう、おねぇちゃんというのは、どこのだれだ？　『若狭屋』の主夫婦の殺しに関わりはないのか？　いや、なにか臭う……しかし、おれが、今ここで新太郎に、そのおねぇちゃんのことを訊いたところで、答えてはくれないだろう……）

胸の内でそうつぶやいた重蔵は、

「おくま、おまえさんに、頼みたいことがあるんだが——」

といい、重蔵はおくまになにやら耳打ちをした。

四

その日の夜——重蔵と京之介、定吉の三人は、居酒屋『小夜《さよ》』の二階の部屋で晩飯を食べながら、『若狭屋』の主夫婦の殺しについて話し合っていた。

「わかったことを、もう一度確かめ合おう。まず、若旦那、二十両以外に被害はなにかありましたかい？」

重蔵が京之介に話すよう促すと、好物の鰻丼を食べ終えた京之介は箸を置いて口を開いた。

「盗まれたものは、二十両以外にないそうだ。おかしな賊もいたものだね」

「そうですかい。定吉のほうはどうだ。なにか奉公人たちから気になる話は聞けたかい？」

酒を飲みながら、煮〆を口にしていた定吉は猪口《ちょこ》を置くと、

「へい。ひとつだけ妙な噂というか、曖昧な話なんでやすがね。『若狭屋』の主夫婦には、実は子供がいたんでやすが、その当時は貧しかったがために、夫婦はその子を

手放したとか捨てたとか、そんな噂を耳にしたことがあるという奉公人がふたりいました」

といった。

重蔵と京之介は、定吉を見つめた。

「番頭の六兵衛に確かめたかい？」

重蔵が畳みかけるように訊くと、

「へい」

「六兵衛はなんていってた？」

「自分も耳にしたことはあるけれども、なにしろ古い話でなにか証拠があるわけでもない。まして、主夫婦に確かめるわけにもいかないからとあしらわれやして――そんなことより、一刻も早く旦那さまやお内儀さまの仇《かたき》を取ってくださいと……」

「そうか……」

どうしたものかと重蔵が腕組みをして思案していると、

「あ、思い出したっ……」

突然、定吉が声をあげた。

「思い出したって、なにを？」

重蔵と京之介が、訝しそうな顔で定吉を見た。

「へい。あれはひと月ほど前のことです……」

定吉が語りはじめた。


ひと月ほど前——定吉は、廻《まわ》り髪結《かみゆ》いの仕事があって一色町《いしきちょう》あたりを歩いていた。

一色町の表通りは、様々な品物を扱う大店《おおだな》や問屋が軒を連ねているのだが、そこの通りの一軒の問屋から出てきた身なりいい夫妻に、二十半ばくらいの若い女が近づいていくのを定吉は見た。夫妻は『若狭屋』の主夫婦だった。

二人が、ぎょっとして立ち止まったので、定吉はなにかまずいことが起きるのではと思い、物陰に隠れて様子をうかがうことにした。

『ちょいと訊きたいことがあるっ』

若い女が詰め寄るようにしていった。

『はて、あなたさまはどちらさまでございますか?』

ぎょっとしたのはほんの一瞬のことで、『若狭屋』の主である新左衛門は泰然と応じた。

『見てのとおり、名乗るほどの者じゃないよ』

若い女は、それまでの勢いは失って竦《すく》んでいるように見えた。

『そうですか。どこのどなたか存じませんが、わたしどもをどなたかとお間違えになっているようですね。では――』

新左衛門はそういうと、少しうしろに控えていたおしげに顔を向けて、いくよとばかりに頷いてみせた。

『二十年前、おまえたち、子供を捨てただろっ』

通り過ぎていこうとしている新左衛門とおしげの背中に向かって、若い女が突然、喚くようにいった。

新左衛門とおしげは、ふたたび足を止めた。おしげのほうは、喚かれたとき、びくっと肩を震えさせたように見えたが、新左衛門は薄い笑みを浮かべると軽くため息をついて、若い女に向きを変えて口を開いた。

『商売が繁盛しますと、いろんな人がいろんな噂を立ててくれるものでございましてねぇ』

『捨てた覚えはないっていうのかいっ？』

若い女がふたたび勢いを取り戻して詰め寄ると、

『ございませんっ』

すかさず新左衛門は、きゅうりのへたを包丁ですぱっと切り捨てるようにいった。

『ま、迷子の子を養子にして、おまえたちの本当の子をほったらかしにしているのは、いったいどういう了見なんだいっ』

若い女は、声を震わせながらも、必死になって叫ぶようにいった。

『あなたさま、もしかして、ご自分がわたしどもの娘だとでもおっしゃるのですか?』

新左衛門は、そういって低い声で笑った。

『な、なにも、あたしがそうだっていってんじゃないよっ……』

若い女は、完全に怯んでいる。

『以前にも、あなたさまのように、わたしはおまえたちの娘だと名乗り出てきた方が数人おりましたが、わたしどもの娘は生まれてすぐに病で亡くなっております』

『嘘だっ』

若い女は、目を吊り上げて叫んだ。

だが、新左衛門はまったく怯むことなく、

『嘘など申しておりません。人別帳《ひと》にもちゃんとそうお届けしています。いいですか。だいたい、自分の子を捨てて、他人様の子供を育てる者などどこにいるものでしょうか』
と、ひどく冷静な口調でたしなめるようにいった。
『嘘だ……嘘だ……』
若い女は、蚊の鳴くような声を出した。
新左衛門の少しうしろに控えていたおしげは、目を伏せたままだ。
『さ、いきますよ』
新左衛門は、おしげを促して、その場を去っていった。
若い女は呆然とした様子で、固まったようにその場に立ち尽くしていたという。

五

「定、よく思い出したなっ」

話を聞き終えた重蔵が、顔を明るくさせていった。

「もっと早くに思い出せばよかったんでやすが、なにしろひと月も前のことで、少し遠目でもあったもんで。それに、『若狭屋』という名も聞こえなかったたし、新左衛門とおしげの死に顔はまるで別人のように見えたもんでやすから、すぐには思い出せなかったんでやすよ……」

定吉は、照れたような、申し訳ないというような複雑な顔をしていった。

「定吉、でかしたな。少し遠目に見た、しかもひと月も前の人たちが話した内容を覚えているとは、驚きだ。親分、定吉の話を聞いて思ったんだが、新太郎がいうところのおねぇちゃんてのは定吉が見た、その若い女じゃないのかな？」

京之介がいった。

「そうですよ、親分。あの若い女が、『若狭屋』の主夫婦の本当の娘で、しかも捨てられたってぇことであれば、あんな態度を取られたら怨んで殺したとしても、おかしくねぇんじゃねぇですかい？」

定吉が続けていった。

「なるほど。捨てられた怨みを晴らそうと、新太郎を丸め込んで、早朝に裏口の門を開けさせて押し入って新左衛門とおしげを殺した、か――」

重蔵が確認するようにいうと、

「へいっ」

「うむ」

と、定吉と京之介が声を揃えていった。

「辻褄は合う。しかし、おれには辻褄が合いすぎているような気がして、却ってこう――うまくいえないが、どうもすとんと胸に落ちない……」

「親分、どういうところが、ひっかかるんですかい？」

「その若い女が――新太郎が、おねぇちゃんと呼んでいる女が『若狭屋』の本当の娘だとしたら、たとえ捨てられたとしても、実の親をあんなに無惨な殺し方をするものかどうか……」

　重蔵が腕組みをして答えると、

「ふむ。確かにな……」

　と、京之介が頷くと、

「親分にそういわれると、おれも自信がなくなってきやした……」

　定吉が、ふぅっと大きくため息をついていった。

「しかし、いずれにせよ、定吉がひと月ほど前に見たというその若い女と、新太郎がおねぇちゃんと呼ぶ女が、同じ女かどうか調べる必要はある」

「へい。そうですね」

「うむ」

「それに『若狭屋』に賊が押し入ったのは、新太郎が外に出ていった裏口からだろうという見立ては変わらない」

「親分、新太郎がおねぇちゃんと呼ぶ女が、新太郎を丸め込んで、町木戸が開く早朝に家から出かけるようにいったんじゃないかと思うんだけど、これはただの当て推量ですかね？」

定吉がおずおずしながら訊くと、

「いや、おそらく、そういうことだろうよ……」

と、重蔵が顔を引き締めていった。

「へへ」

定吉は、一転して喜色満面になった。

「親分、しかし、そうなると、『若狭屋』の主夫婦を殺したのは、やっぱり、定吉が見たという、その若い女ってことにならないかな？」

京之介が眉を寄せていった。

「また、元に戻りましたね、親分……」

定吉がいうと、重蔵が口を開いた。

「だが、その若い女、つまり、新太郎が、おねぇちゃんと呼んでいる女が同じ女で、その女に男がいたとしたら？……」

「あっ……」

　京之介と定吉が同時に声を出して、互いの顔を見合った。

「親分、それ――その男が下手人《げしゅにん》で決まりですよっ」

　定吉が興奮した面持ちでいった。

「うむ」

　京之介も得心《とくしん》がいったという顔をしている。

「いや、それもこれも、今のところは当て推量に過ぎない。まずは、ひとつひとつ確かめることだ。きっと、そこに〝真実《まこと》の欠片《かけら》〟が落ちているはずだ」

「――ふふ。〝真実の欠片〟。さすがは親分だね。定吉、深い言葉だと思わないか？」

　京之介が感心した面持ちで、つぶやくようにいった。

「へい」

　定吉は、重蔵が義兄であることが誇らしいのだろう、得意げな顔をしている。

　重蔵が薄い笑みを浮かべていると、

「失礼していいかしら」

　と、小夜の声が聞こえた。

「ああ」

重蔵がいうと、襖が開いて、小夜が丼を三つ載せたお盆を持って入ってきた。

「そろそろおつもりかと思って、みなさんのお好きな、かきたま汁をお持ちしました。あら、みなさん、お店に入ってきたときとは違って、明るい顔をしてますけど、事件、解決しそうなんですか？」

丼をそれぞれの前に運びながら、小夜が相変わらず美しい顔に微笑《ほほえ》みを湛えて訊いた。

「いやいや、まだまだ暇がかかりそうだよ」

重蔵は苦笑いしながらいった。

「そうなんですか。じゃあ？」

どうして、そんな明るい顔をしているんですか？——と、小夜の顔に書いてある。

「親分がいい言葉をいったんですよ」

定吉がうれしそうな顔でいうと、

「へぇー、どんな言葉なんです？」

小夜は片付ける手を止めて訊いた。

「〝真実の欠片〟——」

京之介が、味わうように口にした。

「〝真実の欠片〟？」

小夜は、ぽかんとした顔でつぶやいて重蔵の顔を見た。

「ただの思いつきさ。さ、かきたま汁、温かいうちにいただこう」

重蔵は照れ笑いを浮かべてかきたま汁を口にしたが、「あちっ」といって、丼から口を離してはにかんだ。

そんな重蔵を見ながら、小夜は思わず、「うふふ」と、まるで愛らしい動物を見たときのように微笑んだ。

六

翌朝の五ツ、新太郎が裏口からひとりで出てきた。新太郎を追ってくる店の者はいない。

それもそのはずである。昨日、重蔵がおくまに、新太郎が会いたがっている、おねぇちゃんという女の正体が知りたいから、新太郎がひとりで出かけようとしても止めないでくれと頼んだのである。

おくまは、新太郎になにかあったらたいへんだといったが、重蔵は自分たちが見守っているから心配はいらないと説得し、おくまを安心させたのだ。

その約束どおり、重蔵と京之介、定吉の三人は万が一のために町木戸が開いた時刻から、『若狭屋』にいき、裏口が見える路地の天水桶に身を寄せて監視していたのだった。

新太郎は、姉様人形を胸元に抱くようにして持って、楽しそうに鼻歌を歌いながら、すたすたと早足で歩いていく。

重蔵たちは、十間ほどの距離を保ちながら、気付かれないようにしてあとを尾《つ》けた。

新太郎は迷うことなく、歩き続けている。相生橋《あいおいばし》を渡り、仙台堀《せんだいぼり》沿いの通りを進んで万年町《まんねんちょう》一丁目を過ぎていく。まるで通いなれた道のように歩いていくその姿は、およそ知恵が遅れているようには思えない。

新太郎の歩く速さは変わらず、万年町二丁目に差しかかり、仙台堀の突き当たりを右に曲がって、正覚寺《しょうかくじ》と恵然寺《えねんじ》の間を入っていく。

やがて新太郎は、寺裏と呼ばれる冬木町《ふゆきちょう》に入ると、いくつかの路地を迷うことなく進み、奥まったところにある長屋の木戸を入っていった。

その長屋は、金兵衛《きんべえ》長屋と呼ばれ、表通りで太物屋《ふとものや》を営んでいる『川島屋《かわしまや》』の持ち物である。

金兵衛長屋の路地を進んでいった新太郎は、一番奥の家の前で立ち止まった。

重蔵たちは、木戸の門の陰に慌てて隠れた。

『おねぇちゃん、新太郎。入っていい?』

新太郎が腰高障子の戸の向こうに呼びかけている。

重蔵たちは、木戸の門の上に名が書かれている木札を確かめた。一番奥の家に住む者のところの木札には、「なみ」と書かれていた。

『新太郎——ちゃん?!』

少しして、腰高障子が開き、二十半ばの化粧っ気はないが、整った顔立ちの女が顔を出すと、すかさずあたりを見回して、素早く新太郎の手を取って家の中に引き入れた。

「定吉、あの女だったか?」

重蔵が小声で訊いた。

「へい、間違いねぇです」

定吉は自信をもっていった。

「そうかい。よし、いこう」

重蔵たちは忍び足で新太郎が入っていった女の家までいき、腰高障子に耳を近づけた。

女と新太郎の声が聞こえてきた。

『もう、ここにきちゃ駄目っていったじゃないか』

女が新太郎を咎めている。

『だって、おねぇちゃんに会いたくってしょうがないんだもの……』

咎められた新太郎の声が震えている。

その声を聞きながら、重蔵たち三人は顔を見合わせ、確信を得た、とばかりに力強く頷き合った。

と、突然、腰高障子が勢いよく開いて、中にいた女が険しい顔つきで重蔵たちを睨みつけた。

腰高障子に定吉の影が映し出されたのを見つけて、不審に思ったのだろう。

「あんたたち、なにか用かい？」

今にも嚙みつきそうな勢いで女が訊いてきた。

が、重蔵は動じることなく、懐から十手《じって》を取り出して、

「おまえさんに、いろいろ訊きたいことがあってね」

といい、定吉に顔で、中に入れと指示した。十手を目にしたおなみは、顔を紙より

白くさせてなにもいえないでいる。

　定吉は頷いて家の中に入っていくと、

「坊ちゃん、黙って外に出ちゃだめだって、家の人にいわれてるでしょ。さ、家に帰りましょう」

　といいながら、新太郎を連れて外に出てきた。

　新太郎は、重蔵を見ると、

「おじさん……」

　叱られると思ったのだろう、べそをかきそうになっている。

「おくまさんたちが心配している。定吉と一緒に家に帰るんだ。わかったかい？」

　重蔵がいうと、

「うん……」

　と頷き、定吉に伴われて、その場から去っていった。すべては打ち合わせしていたことである。

「ずばり訊く。『若狭屋』に押し入って、主夫婦を殺したのは、おなみ、おまえさんかい？」

　上がり框《かまち》に、目を伏せて正座しているおなみに、土間で立ったままの重蔵が訊くと、おなみはびくっと肩を揺らして顔を上げた。

その顔には驚きと恐怖の色が混じっている。

「――『若狭屋』の主夫婦を殺した？　あたしが？……」

おなみの声は掠れて、震えていた。演技しているようには見えない。

「ああ。昨日の朝だ。おまえさん、昨日の朝、どこでなにをしていた？」

「お、親分、ちょ、ちょっと待ってください……」

おなみは、明らかに混乱しているようだった。動悸が激しくなったのだろう、胸に手を当てて、はあはあと息が上がっている。

そんなおなみを、重蔵と京之介はじっと見つめている。

少しして、

「昨日の朝は、さっきいた新太郎とここにいましたよ。あたしのいうことが信じられないというのなら、新太郎に訊いてください。新太郎のいうことが信じられないっていうのなら、隣近所の人に訊いてください。でも、親分、『若狭屋』の主夫婦が殺されたって、本当なんですかっ？……」

おなみは、必死の形相で訊いた。およそ装っているようには見えない。

「おまえさん、ひと月ほど前、一色町で『若狭屋』の主夫婦に、自分の子供を捨てただろうと詰め寄っただろ？　それは、いったいどういうことなんだね？」

　重蔵が冷静に問い詰めると、

「ど、どうしてそんなことを知っているのさ……」

　おなみは、動揺しはじめた。

「さっき、新太郎を家に連れていった定吉が、見ていたんだよ」

　京之介は、冷笑しながら、おなみを見下ろしている。

「そ、それは……」

　おなみは言葉を詰まらせた。

「それに『若狭屋』の養子の新太郎に、姉様人形を作ってやるほどやさしくしているのは、いったいどういうわけかね？」

「おなみ、おまえ、『若狭屋』の主夫婦が手放した娘なんじゃないのか？」

　おなみは、顔面を蒼白にして唇を噛んでいるだけである。

　京之介が核心を突く一撃を放った。

　おなみは、ふたたび、びくっと肩を揺らすと、手をぎゅっと強く握りしめ、

「ち、違うっ。『若狭屋』は娘を手放したんじゃないっ、捨てたんだっ……」

　と、苦しそうに顔を歪めながら、吐き捨てるようにいった。

「だから、おまえさんは、新太郎と親しくして丸め込んで、昨日の朝、裏口の閂を外して外に出てくるようにいい、『若狭屋』に押し入って、自分を捨てた主夫婦を怨んで殺した」

重蔵が一気に畳みかけた。

「違うっ。あたしじゃないっ。あたしは、殺してなんかいないっ。ううっ……」

おなみは、泣き叫んだ。

七

その日の夜、重蔵と京之介、定吉の三人はふたたび、居酒屋『小夜』の二階の部屋で晩飯を食べながら、報告し合っていた。

「親分、おなみをしょっ引かねぇで、泳がせておいて、本当に大丈夫なんですかい？」

定吉は一日動き回って空腹なのだろう。酒を飲まずに、今が旬の焼き鰯《いわし》に蛤《はまぐり》の吸い物と白飯を次々と口に入れながら訊いた。

「ああ。下っ引きの兼次《かねじ》と春吉《はるきち》らを見張りにつけてある。おなみがだれかとつなぎを取ろうとしたら、すぐにここに知らせにくることになっているから、安心していい」

　重蔵が猪口を手にしていった。

　おなみが新太郎を丸め込んで、昨日の朝、裏口の閂を外して外に出かけるようにいったのだろうが、押し入って主夫婦を殺してはいない。町木戸が開いてしばらくして、新太郎がおなみの家にきて、一刻ほどいたことは長屋の住人が証言したのである。

（おそらく、手をかけたのは、おなみの男に違いない……そして、嫌疑をかけられたおなみは、近いうちに男とつなぎをとるはずだ）

　重蔵はそう胸の内でつぶやいたが、それを口にすることはなかった。

「ところで、定吉、おなみが働いているという『辰巳《たつみ》』でなにかわかったことはあるかい？」

　京之介が口を開いた。

　定吉は、新太郎を『若狭屋』に送り届けたあと、金兵衛長屋の持ち主の『田島屋』にいって、おなみの働き先や身辺を洗うことになっていたのである。

「へい。門前仲町の『辰巳』という水茶屋に勤めていますが、どうやらその前は上野の『三浦屋《みうらや》』って女郎屋にいたようだという話です」

「おなみは、女郎だったのかい？」

「へい。店でかつて一緒に働いていた女が偶然きて、〝あら、あんた身請けしてもらったのかい〟といったそうなんです。そのことが『辰巳』の主の耳に入って、面倒なことがあっちゃいけねぇと思った主が、おなみについていろいろ調べたそうなんですよ」

「それで、おなみはいつ、だれに身請けしてもらったのかわかったかい？」

「へい。おなみが身請けされて『三浦屋』を辞めたのは、ふた月ほど前のことで、身請けしたのは、おなみの常連客のひとりで、弥一《やいち》って名の男だそうです」

「！──なるほど。そういうことかっ……」

重蔵が唸るようにいった。

「親分、そういうことかって、いってぇどういうことです？」

定吉がぽかんとした顔で訊いた。

「女郎の身請け金の相場は、いくらだ？」

重蔵は、京之介と定吉の双方の顔を見て訊いた。

「！──二十両っ……」

京之介と定吉が声を合わせて答えた。

「おなみの情夫は、その弥一とみて、まず間違いない」

「しかし親分、『若狭屋』に賊が押し入ったのは昨日のことだ」

　京之介が口を挟んだ。

「おそらく、その弥一って野郎、どこかから借りた金で、おなみを身請けして、ふた月後に『若狭屋』から盗んだ二十両でそっくり返したんじゃないですかね」

「そうか。それなら辻褄が合うな……」

「定吉、その弥一って野郎は、いったい何者かわかっているのかい？」

「へい。住まいまではわかりやせんでしたが、なんでもあちこちの賭場《とば》に出入りしている、ならず者らしいです」

「定吉、またもでかしたな。そこまで探れたら、十分だ。あとは、賭場という賭場を廻って、弥一って野郎を探し出せばいい。暇はかかるだろうが、できないことじゃない」

「ふむ。だが、親分、その弥一が、おなみに代わって『若狭屋』に押し入って主夫婦を殺して怨みを晴らしてやったということかい？　いくら、おなみに惚れていたとしても、あそこまで酷い殺し方をするもんかな……」

　京之介は首を傾げている。

「へい。若旦那のいうとおり、そこのところは、おれにもわかりません。しかし、それも弥一に訊けば、わかることでしょう」

「うむ。それもそうだな。ところで、親分は、おなみの家から出たあと、調べることがあるといってひとりでどこかへいったが、どこでなにを調べていたんだい？」

「へい。『若狭屋』のあたり一帯で店を構えている人たちに、『若狭屋』について、なにかおかしな噂を聞いたことがないか訊いてみようと思ったんですよ」

「それはまたどうしてだい？」

「店の番頭はじめ、奉公人たちのだれもが『若狭屋』の主夫婦ほど、怨みなんてものに無縁な人はいないと言い張った。しかし、どんなに善人だろうと、うしろ暗い昔のひとつやふたつはあるもんですよ。そこに〝真実の欠片〟ってのが、あるような気がしましてね」

重蔵はそういうと、猪口の酒を一気にあおった。

「それで、なにかわかったかい？」

「へい。不思議なもので、主夫婦が死んでしまってみると、地獄の蓋が開いたように次から次へといろんな噂が溢れ出てきましたよ」

重蔵は、飲み干した猪口に酒をこぼれそうになるまで注いだ。

「どんな噂だい？」

京之介が白湯《さゆ》の入った湯呑を手にして促した。

「新左衛門とおしげは、若い時分はずいぶん貧しい暮らしをしていたようだという話や捨て子を養子にしたのは、昔、自分の子供を捨てたことへの償いのつもりだろうという者もいました。そのほかにも、まあ、いろいろと。しかし、その中でも特に妙だなと思ったのは、『若狭屋』の主夫婦は永堀町にはなんの縁もゆかりもなく、二十数年前に突然あそこの店を買って荒物屋をはじめたにしては、荒物の商いには手慣れていたというんです。しかし、どこにも親戚縁者はなく、殺された今も名乗りを上げてくる縁者はだれもいないってことですよ」

「ふむ。それはまた確かに妙な話だな――」

京之介が眉をひそめていった。

「親分、『若狭屋』の主夫婦、知れば知るほど謎めいた夫婦ですね」

飯を平らげた定吉がいった。

「うむ」

重蔵は、ふたたび猪口になみなみと注いだ酒を一気にあおった。

「『若狭屋』の主夫婦は、いったい何者なんですかね？……」

定吉が小首を傾げながらいった。

「『若狭屋』は、貧しかったころから永堀町に店を構えるまでの間、いったいどこでなにをしていたのか、それを知っている者はだれもいなかった。そこを調べれば、きっと〝真実の欠片〟が見つかる気がしているんだ。おれは、そっちを調べるから、定吉は弥一が顔を出す賭場を探してくれ」

「へい」

定吉は頷き、

「親分、おれはなにをすればいいかね？」

京之介が訊いた。

「若旦那は、『若狭屋』の主夫婦の人別帳を確認してくれませんか？　改ざんがなかったか、本当に縁者はいないのかどうかも——」

「わかった」

京之介は力強く頷いた。

八

三日後——『若狭屋』の極貧時代から、永堀町で店を構えるまで、いったいどこでなにをしていたのかが明らかになった。

　定吉をはじめとした重蔵を慕う下っ引きたちの、足と耳を駆使した聞き込みが功を奏したのである。

　その結果、新左衛門とおしげ夫婦は若いころ、ひどく貧しい暮らしをしていたことや、自分の子を捨てたかどうかは不明だったものの、永堀町からはかなり遠い中山道《なかせんどう》の立場《たてば》として賑わっている巣鴨《すがも》の小さな荒物屋で、夫婦して住み込みで働いていたという、二十年も昔のことがわかったのである。

　十《とお》をいくつか過ぎた息子をひとり抱えて女手ひとつで切り盛りしていたその荒物屋に雇われていた新左衛門とおしげと思われる若い夫婦は、あるとき店の金目の物すべてを奪って姿を消したという。

　ひとり息子を抱えて荒物屋を営んでいた主のお内儀さんは、なんとしても店を再建しようとがんばっていたが、数年後に病を患《わずら》って死んでしまった。

　残された息子は、必ず仇をとってやると周囲に息巻いていたが、次第に自棄《やけ》になっていき、悪い仲間に誘われて博奕場に出入りするようになり、壺振りをたつきにする、ならず者になったという。

　働いていた荒物屋から金目の物を奪って逃げた夫婦の夫は新左衛門、その妻はおしげ。ならず者になった荒物屋のひとり息子は、弥一という名だったと今も巣鴨で商いをしている数人が証言したのである。

「これで、おなみを二十両もの金を出して女郎屋から身請けした弥一が、『若狭屋』の主夫婦をめった刺しにしたとしてもおかしくはない……」

重蔵が小声でいった。

「それにしても、命の恩人といってもいいお内儀さんに、そんな仕打ちができるもんでやすかねぇ」

話を聞いた定吉が腕組みして、どうにも納得できないという顔をしていった。

「魔が差したといえば、それでしまいだが、人ってのは食うのに困らなくなると次から次へと欲が出てくるものさ。新左衛門とおしげも給金をもらう雇われ人でいることが馬鹿馬鹿しく思えてきて、自分たちの店を持ちたいと思うようになっちまったんだろうなぁ」

重蔵は悲しい笑みを浮かべていった。

宵の五ツ——朧月の下で、重蔵と京之介、定吉は黒江町《くろえちょう》のしもた家の庭の植え込みに潜んでいる。

しもた家の中では、賭場が開かれている。かつて、巣鴨町の荒物屋のひとり息子だった弥一がこの賭場で壺振りをしているという話を定吉が聞き込んできたのだ。

「どんなに善人でも、うしろ暗い昔のひとつやふたつはある——親分の読みどおりだったね。そして、その昔、〝善人〟夫婦にひどい目にあわされた弥一は、おなみとは女郎屋で知り合い、お互い力を合わせて仇を取ろうということになったというわけだ」

しもた家に入っていく賭場の客たちに目を向けながら、京之介がいった。

京之介は、新左衛門とおしげの人別帳を確認した。すると、永堀町以前の住まいがどこであったかは書かれていなかったが、『娘、産後すぐに病没』とあったという。人別帳に、我が子を捨てたと書く者はいないから、おなみのことを病で死んだことにしたのだろう。

「それにしても、女郎屋でおなみと弥一が出会うなんて、なんともすげぇめぐり合わせがあったもんでやすねぇ」

定吉がいった。

「うむ。出会ったふたりは、互いに運命だと思っただろうな。だが、『若狭屋』の主夫婦が殺されたということを、おなみが知らなかったようだったのは、おそらく、弥一は母親がされたように金を盗むとだけいったんだろう。殺すつもりだなどといったら、おなみは新太郎を丸め込んで裏口の閂を外しておいてくれとは頼まなかったに違いない。捨てられたとはいえ、実の親だからな」

そういった重蔵だが、腑に落ちない点もある。

（『若狭屋』の主夫婦をあんな残虐な殺し方をしておいて、盗んだ金は、おなみを身請けするのに必要な二十両だけというのは、どういう了見なのか？……）

弥一の母親は、洗いざらい金目の物を新左衛門とおしげに盗まれ、そのために苦労し、挙句に病で死んだのである。

母親の仇を取るつもりで『若狭屋』に押し入ったのだから、同じように洗いざらいの金を盗んでもいいようなものだ。

それなのに、弥一は切餅がふたつ、二十五両ずつ入った包み紙のひとつから二十両だけ盗み、わざわざ五両を置いて去ったのだ。

（どんなわけで、そうしたのだろう？……）

重蔵は何度も同じことを繰り返し考えてみたが、納得できる考えは思いつかないのだった。

「定、そろそろだが、大丈夫か？」

しもた家に入っていく客足が少なくなってきたのを見て、重蔵が心配顔で定吉に訊いた。

　重蔵と京之介が、御用勤めで毎日町廻りをしていることを深川に住む者で知らない者はほとんどいないため、賭場に潜入して、壺振りの弥一を外に連れ出す役目を髪結いを本業にしている定吉にしてもらうことにしたのである。

　殺された重蔵の恋女房・お仙《せん》の弟の定吉に危ない思いをさせるのは忍びないことこの上ないが、当の定吉は重蔵のそんな気持ちをよそに嬉々としてやる気になっている。

「定、くれぐれも無理はするな。まずいと思ったら、すぐに逃げるんだ。わかったな」

　気が気ではない重蔵は、何度も同じことを念押ししている。

「親分、わかりましたって……」

　定吉は、いつまでも子供扱いされているようで面映ゆくて仕方ないのだが、その反面、常に自分のことを大事に思ってくれている重蔵の気持ちがうれしくもあるのだった。

「じゃ、いってめぇりやす」

　定吉は、潜んでいた植え込みから立ち上がって、しもた家の玄関口へ向かった。

玄関口には、見張り役の浪人ふうの男が左右に立っている。

定吉は愛想笑いを浮かべ、さあらぬ体《てい》で家の中へ入っていった。

そして、玄関で草履《ぞうり》を脱ぎ、廊下をまっすぐに通って奥の部屋へと進んだ。

襖を開け放してある奥の部屋に入ると、室内はすでに鉄火場特有のむんむんとした熱気に包まれていた。

賭場は表向き、ご法度とされているが、事実上、黙認されているに等しく、寺といわず、大名の下屋敷といわず、こうしたしもた家といわず、そこかしこで開帳されていた。

いくつもの蠟燭に照らされたこの賭場は昼のように明るく、広い室内にはいくつもの客の輪があった。

負けが込んで、ため息や舌打ちばかりしている一群もあれば、酒を飲んで大声をあげて喜んでいる一群もある。

そんな熟柿のような臭いが人いきれと混じり合う中、代貸しの仕切る声が響き渡っている。

「壺振りの弥一さんは、どちらに？」

定吉は蠟燭の近くに座り、左側の畳に大刀を置いて、おかしな動きをしている者がいないかと室内をためつすがめつ眺めまわしている浪人ふうの男の耳元で囁いて訊いた。

　と、浪人は斜め向こうを顎で指した。

　そこには、諸肌を脱いで、赤い牡丹《ぼたん》を口に咥えて青い龍の入れ墨を見せ、腹に真っ白なさらしを巻いて壺を振っている三十過ぎの、肋骨が浮き出ているのが見えるほどやせ細っている青白い顔をした男がいた。

（弥一ってぇのは、あの野郎だな……）

　定吉は胸の内でつぶやきながら、そっと弥一に近づいていき、丁半の勝負がついたのを見計らって、

「弥一さんでやすね。『若狭屋』さんのことで、ちょいと――」

　と、耳元でいった。

　弥一は顔を定吉に向けた。青白いその顔の頰から口にかけて肉が削げ落ち、深く窪んだ目の奥に収まっている瞳は汚濁している。

「顔を貸しておくんなせぇ……」

　定吉は、全身に鳥肌が立つのを感じながらいった。

「ちっ」

　弥一は舌打ちすると、傍らに畳んで置いてあった袷《あわせ》を持って立ち上がると、歩きな

がら袷を身につけた。

そして、定吉と並んで部屋の外に出ようとしたときだった。

「てめえ、お上の手先だなっ」

と叫ぶと同時に、懐から匕首を取り出して定吉に刃を向けた。

賭場じゅうにざわめきが起きた。

「馬鹿野郎っ……」

定吉は、玄関に向かって走り出した。まずいと思ったら、逃げろといった重蔵の言いつけを守ったのだ。

「待ちやがれっ」

匕首を手に、弥一が血相を変えて追いかけてきた。しもた家の中は、いよいよざわめきが大きくなっていく。

定吉は、ほうほうの体《てい》で玄関から外に裸足のまま飛び出した。

玄関の外で左右にふたり見張り役で立っていた浪人ふうの男たちが驚いて、鯉口《こいぐち》を切ったが、定吉の逃げ足は速く、ふたりは声をかける間もなかった。

定吉を追って、弥一も裸足でしもた家から飛び出してきた。

「どこへいきやがったぁっ……」

庭で仁王立ちになって、闇に向かってそう叫ぶと、弥一は突然、激しく咳き込みはじめ、膝を地面につけて左手で口を覆った。

「おい、大丈夫かい？」

弥一の前に、十手を手にした重蔵が、ぬっと姿を現した。

と、背後にいた見張り役の浪人ふたりが刀の鯉口に手をやりながら近づいてきたが、十手を手にした重蔵を見ると、驚いた顔で互いの顔を見合わせた。

「おまえさんたちは、おれが相手してやろうか？」

重蔵のうしろから、刀に手をかけた京之介がすっと前に出てきて、にやりと笑っていった。

と、そこへ、

「お、おめぇたち、なにしてやがるっ。さっさと中に入ぇりやがれっ」

上等な着物を着て、でっぷりと太った五十男が、ゆったりとした足取りでやってきていうと、浪人ふたりは、慌てて「へいっ」といって足早に去っていった。この賭場の元締めだろう。

「これは、これは八丁堀《はっちょうぼり》の旦那に重蔵親分、お役目ご苦労さまでございます」

元締めはそういうと、懐に手を入れて、小判を手の中に隠して、京之介と重蔵にそれぞれ渡そうとした。

「元締め、おれが欲しいのは、この弥一って男だ。もらっていく。いいな？」

重蔵が、じっと見つめていうと、元締めは慌てて小判を懐に収めた。

「そりゃもう、へい。どうぞ、どうぞ――」

と、揉み手していった。

「おい、立てるかい？」

まだ、地面に膝をついたままで、ぜいぜいと肩で息をしながら、苦しそうに咳をし続けている弥一に重蔵が腰を落としていった。弥一の傍らに、手にしていた匕首が落ちている。

「う、うるせぇっ……いってぇ、おれになんの用があるってんでぇっ……」

粋がっているものの、その声は掠れて、まるで生気がなかった。

「『若狭屋』の主夫婦を殺したのは、おまえだな？　おっかさんが、新左衛門とおしげ夫婦に金目の物をすべて盗まれたせいで、苦労した挙句に死んじまった。その怨みで殺したんだろ？」

「ああ。そうさっ……そのどこが……悪いっ……」

弥一はそういうと、突然、ぶぉっと大きな咳をしたかと思うと、口から鮮血を噴き出すように吐いて、そのまま横に倒れた。

「おいっ。答えろっ。おまえ、『若狭屋』からどうして二十両だけしか盗まなかったんだ？　おっかさんは、金目の物すべて奪われたんだろ？」

弥一は、もう息をするのもやっとだった。重蔵は、弥一を抱きかかえた。

「だから……だよ……」

「なんだ？　なにがいいたいんだ？　弥一、しっかりしろっ」

目をつぶろうとする弥一を、重蔵は揺すって訊いた。

「すべて……奪われたせいで……おっかさんが……死んだ……だから……おれは……必要な金しか……盗っちゃ……いねぇ……」

「そうかっ。それで、おまえは、おなみを身請けするためだけの金しか盗まなかったんだな？」

重蔵は、ようやく合点がいった。

「お……なみ……」

掠れた声でそこまでいうと、弥一は口を必死に動かしていたが、声にならないようだった。

そして、弥一の目からひと筋の涙が流れてきた。

「なんだ？　なにがいいたいんだ？」

重蔵は耳を弥一の口に近づけた。

弥一は、聞き取るのがやっとの声で、少しの間なにか話していると、突然、ひゅーっと奇妙な音を立てて息を吸い、ふうーっと吐いたと思いきや、そのまま事切れたのだった。

九

翌日は、朝から小雨が降り続いていた。

おなみは、朝飯を食べる気も、働き先の水茶屋にいく気力もなく、ただぼんやりしたまま家の中にいて、幼かったころのことを走馬灯のように思い出していた。

おなみは、物心ついたときには野良仕事をさせられていた。朝から晩まで、ただただ育ての父親と母親のいうとおりに働かなければ、手のひらで頬を張られた。

友達などというものは、ひとりとしていなかった。それどころか、「おっとう」とも「おっかぁ」とも呼ばせてもらえなかったし、自分も「なみ」と名を呼ばれたこともない。

乳飲み子で捨てられたおなみが生きられたのは、男の女房が腹の中で死んだ子を産み、乳が張ってしょうがなかったからだという。

『おれたちが拾ってやらなかったら、おまえは死んでいたんだ。だから、おれたちのいうことに文句をいっちゃいけねぇ。黙っていうとおりに働け』

それが男の口癖だった。

おなみは、いつも腹を空かせていた。飯は晩飯だけだった。塩辛い漬物とうっすらと味噌の味がする汁、それと冷たくなっている前の日の稗《ひえ》や粟《あわ》、たまに麦飯を口に運んだ。

腹を下すのはいつものことだった。腹を下せば、余計に腹が減った。おなみは、野良仕事の合間に厠へいくふりをして、厠の近くに生えている草を食べて飢えを凌ぐことを覚えた。

十《とお》になったとき、男の女房が死んだ。原因はわからない。朝になっても起きてこなかったのだ。男が女房の体を揺すったが、ぴくりともしなかった。

男は無言のまま、涙を流すこともなく、女房を抱き上げて畑にいった。ついていくと、畑の隅に穴を掘って女房を埋めた。

しばし、男は盛った土を見ていた。それで野辺の送りは終わった。おなみも悲しさなどなかったから、涙を流すこともなかった。

男の女房が死ぬと、おなみはこれまでの倍働かなければならなくなった。その分、飯が増えると思ったが、そんなことはなかった。

十五になったある夜のことだった。眠っているとやけに体に重さを感じて、息苦しくなって目が覚めた。

月明かりで、自分の体の上に乗っているのが男だとわかった。乱暴に着物を剝ぎ取られて、裸にされた。そのときになってはじめて、得体のしれない恐怖に襲われた。

『静かにしてろっ』

男は、くぐもった声を発した。恐怖が下腹からぞわぞわと上がってきた。体がぶるぶる震えた。

と、股間に激痛が走り、その痛みは頭の芯を突き抜けていった。なにが起きたのか、まるでわからなかった。ただ恐怖と痛みで涙がこぼれ、震えが止まらなかった。

翌朝、見知らぬ男が家にやってきて、家の男に銭を渡すと、おなみは男に手を取られ、家から連れ出されそうになった。

おなみは、抵抗はしなかったが、男を振り返り、指で自分を指して、

『なんていうの？』

と訊いた。

するると、男は女房が使っていたあちこち朽ちかけている箪笥の中を探し、少しすると縦二寸横一寸ほどの木札を、おなみに投げて寄越した。足元に落ちた木札を拾って見ると、そこにはひらがなで『なみ』と書かれていたが、おなみは文字が読めない。

『なみ――おめぇの名のようだ。その木札が、赤ん坊のおめぇをくるんでいた布の中に入ぇっていた』

おなみの親が、赤ん坊のおなみを捨てたとき、拾ってくれた人に、せめて自分たちのつけた名だけでも教えておこうと思ってそうしたのだろう。

男はそれだけいうと、くるりと背中を向けた。おなみはその木札を、胸元に仕舞い込んだ。

そして、おなみの手を摑んでどこかへ連れていこうとしている男から、はじめて自分の住んでいたところが上板橋村《かみいたばしむら》だということを教えられた。

その後、どうやって上野の『三浦屋』という女郎屋にきたのか、おなみの記憶は消えている。

気が付くと、真っ白な白粉を顔に塗り、毒々しい真っ赤な紅を引いて、間口二間の格子がある通りに面した部屋で客を引き、引っかかった男を二階に連れていって抱かれた。

股間の痛さにも慣れると、なにも感じなくなった。それどころか、自分が生きているのか死んでいるのかも、わからなくなるときがあった。

女郎屋に売られて五年が経ったある夜、おなみは弥一と出会ったのだった。弥一は二階の部屋にいっても、おなみを抱くことはなく、見世が決めた時間まで、耳につく妙な咳をしながら、ぼんやりしているだけだった。

『おめぇ、在はどこだい？』

毎夜、見世にくるようになってひと月ほど経ったあるとき、弥一はいつもの咳が収まると、突然、訊いた。

『上板橋村ってところさ』

おなみが投げやりに答えると、

『上板橋村か。おれの在と近ぇな』

弥一は、薄い笑みを浮かべていった。

『ふーん。あんたの在は、どこだい？』

『巣鴨だ。おめぇ、名、なんてんだ？』

『なみ――なみ、だよ……』

　すると弥一が、襲いかかってくるのではないかと思うほどの勢いで近づいてきて、

『なみ？……おめぇ、小さいときに親に捨てられたんじゃねぇか？』

と、おなみをじっと見つめて訊いた。

『うん……』

　おなみが戸惑いながら答えると、

『おれは、おめぇの本当の親を知っている。まったく、ひでぇ親だぜ、おめぇのおとっつぁん、おっかさんはよ』

　弥一は吐き捨てるようにいった。

『ほ、本当に知っているのかい？　あたしの本当の親のこと。ねぇ、どこにいるのさ。教えておくれっ』

　おなみは、弥一に言い寄った。

『長ぇこと、江戸じゅうの荒物屋を尋ね歩いても、なかなか見つけることができなかったが、ほんの半月前にようやく店を見つけて、今度はおめえとこうして出会うとはなあ。仏になっちまった、おっかさんが導いてくれたにちげぇねぇ……』

『どういうこと？　どうして、あんたが、あたしの本当の親を知っているのさ？』

　弥一は、おなみの親である『若狭屋』の主、新左衛門とおしげについて話しはじめ

た。

十

弥一の話では、今から二十年前、新左衛門とおしげは娘を産んだばかりだったが、ある日、奉公していた板橋宿の荒物屋が火事になってしまい、働き先を失ったのだという。

身寄りのなかったふたりは、懸命になって働き先を探したが、乳飲み子を抱えているふたりをどこも雇ってくれるところはなかった。

そこでふたりは、泣く泣く、生まれたばかりの『なみ』と名付けた娘を捨てることにした。百姓家ならば、人手がいくらあってもたりないはずだと考えたふたりは、板橋宿近くの百姓家の軒先に娘を捨てて逃げたのだった。

ふたりは、今度こそと思い、働き先をあちこち回って探したが、やはりどこも雇ってはくれなかった。

気が付くと、板橋宿からそう遠くない巣鴨の橋の上にいた。行く末を悲観したふたりは、そこから川に身を投げて心中しようと決めた。

そして、日が暮れかかり、人の往来も途絶えたころ、夫婦は橋の欄干に上がると互いの体を帯で縛って、身投げしようとしたそのとき、『待ちなさいっ』と大声で呼びかけ、走り寄ってくる年増の女がいた。

それが、弥一の母親だった。ふたりを橋の欄干から引きずり下ろし、奉公先が火事に遭って働き先を失い、生まれたばかりの『なみ』という赤ん坊を板橋宿近郊の百姓家に捨てたことなど、すべての事情を聞いた弥一の母は、身投げする前に死ぬ気で働いてみなさいといって、自分が営む荒物屋で雇うことにしたのだ。新左衛門とおしげは、以前と同じ荒物屋で働けるとはなんという偶然だろう、有難い、有難いといって涙した。

ところが、三年経ったある日、新左衛門とおしげは、弥一の母親の恩を仇《あだ》で返すがごとく、家にあった金目の物すべてを奪って、行方をくらましたのである。

『なんてひどいことを……』

おなみは驚き、絶句した。

『おれが十一のときだった。おめぇの実の両親は、本当にひでぇことをしてくれたもんだぜ。おかげで、おれのおっかさんは、その後、苦労に苦労を重ねた挙句に病を患って死んじまった。おめぇの両親があんなことさえしなきゃ、おっかさんは病になんかならなかったし、おれだってやさぐれて、こんなならず者にならなかったんだっ……』

一気にまくしたてた弥一は、激しく咳き込み、血を吐いた。

『大丈夫？――ごめんなさい、ごめんなさいっ……あたしの両親が、命の恩人のあなたのおっかさんにそんなひどいことをしたなんて……』

おなみは、弥一の背中をさすり、涙を流して謝り続けた。

『おめぇのおとっつぁんとおっかさんは、永堀町で『若狭屋』って荒物屋を営んでるよ。たいした繁盛ぶりだぜ。だが、そこの主に納まっているおめぇのおとっつぁんとおっかさんは、実の娘のおめぇを捨てたくせに、迷子だった男のガキを養子に迎えて、跡取り息子にしようと大切に育ててるぜ。まったく、どういう了見してるんだかなぁ』

『なんだってっ?! 迷子の男の子を養子にして、跡取り息子にしようと大切に育ててる?!』

『ああ。信じられねぇなら、いって確かめてみな。しかし、笑っちまうぜ。その養子にした跡取り息子ってのが、おつむが弱いときてる。おめぇのおとっつぁんとおっかさんは、そのことで頭を抱えてんだ。幼かったときは、おつむが弱いことなんざ、わからなかったんだろうな。へへへ。ざまぁねぇぜ』

弥一は嘲笑い、また咳き込んだ。

（あたしが、女で生まれたから捨てられて……もし、男に生まれていたら、捨てられなかったってこと？……許せないっ。どっちにしたって、捨てた娘を探そうともしないで、どこの馬の骨ともわからない迷子の男の子を養子にして、跡取り息子として大切に育てていたなんてっ……あたしは……あたしは、働きづめに働かされて、あの男に犯されたんだっ。そして、こうして女郎屋に売られたっ……ちきしょうっ、ちきしょうっ……）

おなみは目から涙が溢れ出てきて、止まらなかった。

次の日、さっそくおなみは昼間に女郎屋を抜け出して、永堀町まで『若狭屋』の主夫婦と息子の様子を見にいった。

胸がざわついてしょうがなかった。その一方で、物陰に隠れて実の親が出てくるのを待つのは、盗人のように嗅ぎまわっているようで、惨めな思いに胸が塞がれるようだった。

（あの夫婦だっ……）

どれくらいときが経っただろう。ひっきりなしに客が出入りしている店から、上等な長羽織を身に纏った五十代の夫婦が出てくると、手代や女中たちが並んで腰を折って見送っている。

『おとっつぁん、おっかさん……』

店の中から、夫婦を追いかけるように若い男が出てきて、ぶつかるように母親の胸に飛び込んだ。

『新太郎』

女は愛おしそうに男を見つめて、微笑んでいる。

『家でおとなしくして待っていなさい。すぐに帰ってくるから。こんな年になっても、甘えん坊で、困ったやつだ、新太郎は。ははは』

新左衛門も、おしげの胸に顔を埋めている新太郎の頭をやさしく撫でながら、微笑んでいる。絵に描いたような幸福な家族の姿がそこにあった。

が、そんな幸せそうな三人を見たおなみは、狂おしいほどの悋気と羨望からくるどす黒い怨みと怒りが心の中で激しく渦巻いて体が震え出し、めまいと吐き気に襲われたのだった。

その日から、おなみはこっそり女郎屋を抜け出して毎日、永堀町の『若狭屋』に通い、日が落ちそうになるまで物陰から主夫婦と新太郎の様子を探り続けた。

そして、女郎屋に戻り、毎夜やってくる弥一に話して聞かせた。弥一は、呟き込みながらも、口を挟むことなく聞いてくれた。

だが、おなみが店から出てきた新左衛門とおしげのあとを尾け、一色町の荒物問屋から出てきたときに、『子供を捨てただろっ』と詰め寄ったものの、軽くいなされて惨めな思いをして帰ってきたことを弥一に涙ながら告げたときのことだ。

『おなみ、「若狭屋」をこのままにしておくつもりか？』

弥一は、そういい、ふたりして力を合わせて復讐しようと持ち掛けてきた。

『考えてもみろよ。「若狭屋」は、おれのおっかさんの店から金目の物をすべて奪ったから、あの店を構えることができたんだぜ。そして、新左衛門とおしげは、おめぇを捨てた実の親で、本来大切に育てられなきゃならなかったのは、新太郎じゃあなく、おなみ、おめぇだろうが』

いわれてみれば、そのとおりだとおなみは思った。

『だからよ、「若狭屋」のもんは、おれとおめぇのもんだろ？』

と、弥一はいい、まず頭の弱い新太郎を手なずけて、『若狭屋』に侵入しやすいように裏口の閂を外させるようにいい、弥一がそこから押し入って有り金を盗むという企てを話した。

『そのくらいのことをしたって、罰なんざ当たらねぇ。そうだろ？　だが、くれぐれもあの新太郎には秘密にしておく必要がある。おなみ、おめぇならできるよな?』

弥一の企てを聞いているうちに、おなみはすっかりその気になった。

そして、ひと月ほど前、弥一はおなみを女郎屋から身請けしてくれて、金兵衛長屋に住めるようにしてくれたのだった。

身請け金の二十両は、弥一の親分である賭場の元締めから借りたのだという。

『ひと月後に返すと約束してな。つまり、「若狭屋」から金を奪うのは、ひと月後ってぇわけさ』

と、弥一は笑っていった。

おなみは、弥一のいうとおり、新太郎を手なずけた。それは拍子抜けするほど、いとも簡単にできた。というより、新太郎のほうから、勝手に懐いてきたのだ。

あるとき、『若狭屋』から、新太郎が外に出てこないか物陰から見張っていたが、いつまでたっても出てこなかったので、おなみは長屋に戻った。

そして家に入ろうと腰高障子を開けて中に足を入れ、戸を閉めようと振り返ると、新太郎がにこにこして立っていたのである。

『おねぇちゃん、あそぼ?』

新太郎は、屈託なくいった。おなみは、慌てふためいたが、新太郎を家の中に連れ込み、遊んでやった。

あやとりや姉様人形を作ってままごとをして半刻ほど新太郎と遊んでやったおなみは、また明日遊ぼうといって、帰るように促した。

すると、新太郎は意外なほど素直にいうことを聞き、自分ひとりで帰れるといって、帰っていったのだった。

その日から、新太郎は毎日遊びにくるようになり、あやとりや作った姉様人形でままごとをやろうと、おなみにせがんだ。

そして、久しく姿を見せなかった弥一が長屋にやってきて、町木戸が開く早朝に、新太郎にここに遊びにくるようにしろといったのである。

そのとき、おなみは、まさか弥一が新左衛門とおしげを殺してしまうとは露ほども思わなかったのだった。

（どうしよう……どうしたら、いいの？……）

重蔵から、『若狭屋』の主夫婦が惨殺されたという話を聞いてからは、恐怖で体が震えっぱなしだった。

弥一が殺したのかどうか本人に確かめたいと思ったが、そのときになっておなみは、はじめて弥一がどこに住んでいるのか知らなかったことに気付いたのである。

「重蔵だ。おなみ、いるんだろ？」

はっとして、戸口に目を向けると、腰高障子にがっしりとした男の影が映り、重蔵の低いがよく通る声が聞こえ、おなみは心ノ臓が縮みあがった。

十一

「親分、あたしは、本当に『若狭屋』の主夫婦を殺してなんかいません……」

重蔵を家の中に入れたおなみは、居間の畳に正座して肩を落としていった。

「うむ。『若狭屋』の主、新左衛門とお内儀のおしげを殺したのは、おまえさんを女郎屋の『三浦屋』から身請けしてくれた弥一だ」

「！——」

びくっとして、おなみは驚いて目を見開いて、土間に立っている重蔵を見上げた。

重蔵の体は濡れていなかった。朝から降り続いた雨は、おなみが気が付かぬ間に上がったようだ。

「弥一は昨夜、息を引き取った。長い間、労咳《ろうがい》を患っていたようだな。大量の血を吐いて事切れてしまった」

「そ、そんな……」

おなみの体からいっせいに血の気が失せていった。

「弥一は、たとえ存《なが》えて裁きを受けることになったとしても、死罪とはならなかったはずだ。弥一の『若狭屋』の主夫婦殺しは、親の仇討ちだったといえなくもないからな。いずれにしろ、弥一はあの世へ悔いなく逝ったはずだ。いや、もし悔いがあったとすれば、おなみ、おまえさんの親の新左衛門とおしげの命をじぶんひとりの手で奪ってしまったことかもしれないな。どうだい、おなみ。おまえさん、両親を殺した弥一を憎むかね？」

重蔵は、じっとおなみの目を見て訊いた。

おなみは、しばしの間、微動だにせずにいたが、やがて首をゆっくりと横に振った。

「――そうかい」

と、重蔵がいったときだった。

勢いよく戸が開くと、新太郎が泣いて入ってきた。

「おねぇちゃん、おとっつぁんとおっかさんが殺されたって、本当なの？　おいら、これから、どうすればいいの？　おねぇちゃん、おいらと一緒にいて？　お願いだよ、おいらのそばに、ずっといてよ、お願いっ……」

新太郎は泣きじゃくりながらそういって、おなみにすがりつき、顔を胸に埋めて泣き続けた。

おなみは、なにかいおうにも言葉がみつからず、おろおろするばかりだった。

「おなみ、新太郎のいうとおりにしてやったらどうだい」

重蔵は、静かに、しかし、はっきりと確信に満ちた口調でいった。

「え？」

おなみは、すぐには意味が理解できないようだった。

「おれは、そうすることが、新左衛門とおしげの供養になると思うがな。じゃあな」

重蔵は、そういっておなみの家から出ていった。

（そうなのだ。新太郎は、おそらくおなみと会ったときから、おなみは自分と同じ身寄りのない者だと本能的に感じ取っていたに違いない……）

胸の内でそうつぶやきながら重蔵が外に出ると、千切れ雲の隙間から陽の光が射していた。

「お見逸《みそ》れしたよ、親分――」

戸口のそばに京之介が立っていた。

「若旦那、どうしてここに？」

重蔵は、眉をひそめて京之介を見た。

「おれは、むやみやたらと耳がよくてね」

京之介は、薄い笑みを浮かべながら、左手の小指を耳の穴に入れて回し、すぐに出して口元にもっていくと、ついてもいない耳垢を吹き飛ばす仕草をした。

「そうでしたね」

重蔵は、苦笑いを浮かべて言葉を返した。一刀流の免許皆伝を持つ剣術の達人である京之介の五感は、普通の人とは比べものにならないほど頭抜けているのだ。

昨夜、重蔵の腕に抱えられた弥一は、ひと筋の涙を流しながら、最期の力を振り絞って、口元に耳を近づけた重蔵に聞き取るのがやっとの声で告白したのだが、京之介は離れたところに立っていたにもかかわらず、その耳にはしっかり聞こえていたのだ。

『おなみが……『若狭屋』が捨てた娘だというのは……おれが、おなみを利用しようとしてついた嘘だ……だが、ただ利用しようとしたんじゃねぇ……親に捨てられて、地獄のような苦しみを受けているおなみを……助けてやりたかったんだ……こんな、おれでも、死ぬ前に一度くれぇ……人助けをしたかったのさ……』

そういって、弥一は事切れたのである。つまり、おなみは新左衛門とおしげの娘ではなく、どこかの別の親に捨てられたのだ。新左衛門とおしげの娘は、人別帳に記されているとおり生まれてすぐに病死したのだろう。

弥一は、助けてやった母親に恩を仇で返した新左衛門とおしげが、永堀町で『若狭屋』という立派な荒物屋を営んでいることを、どうやって見つけることができたのかまではわからないが、ともかく見つけ、仇討ちをすることに決めた。

そして、押し入って殺すことにしたのだが、押し入るには協力者が必要だと考えた。そこで、たまたま女郎屋で出会ったおなみが、自分の在に近い板橋宿近郊の百姓の家に拾われて育ったことを知り、新左衛門とおしげが産んだ娘だという嘘をついて、新太郎を丸め込ませることにしたのだ。

「耳が良すぎると、困ることもままあるものでね。ここにきたのは、親分が、どう始末をつけるのか気になったからさ」

京之介が無表情な顔でいった。

「若旦那——」

重蔵がなにかいおうとすると、京之介はそれを遮るように、

「真実を告げることがいい場合もあれば、滅多にはないが、そうじゃない場合もある。今回は、あとのほうだと、おれは思うよ、親分——」

京之介は、そう言い終えると、にやりと笑い、片目をすばやくつむった。

「ふふ。若旦那と気が合ってよかった。腹が減りました。さ、うまい飯でも食いにいきますかい」

「うむ。あ、親分、今回の事件で一番の手柄を立てた定吉も誘わないと、あとでなにをいわれるかわからない。それでいいのかい？」

「おっと、そいつは、まずい。定吉にうまいもんをうんと食わせないとね。ははは」

重蔵と京之介は笑い声を立てて、並んで長屋の路地を出口に向かって歩いていった。

（親に捨てられた、おなみ。迷子のまま年を重ね、育ての親を失った新太郎――身寄りのない者同士が、身寄りになったんだ。おなみ、新太郎、いつまでも仲良く暮らすんだぜ）

重蔵は顔だけ振り向いて、おなみの住まいのほうを見た。

おなみの家の戸口近くに咲いている紫陽花《あじさい》が、朝から降り続いた雨粒を載せ、陽の光を浴びて生き生きとした美しい浅葱《あさぎ》色に輝いていた。

第二話　偽装

一

久しぶりに五月《さつき》晴れとなった十六日の朝五ツ、重蔵は定吉、京之介と共に熊井町《くまいちょう》の大川《おおかわ》の川辺の空き地で、今朝がた早くに見つかった男の亡骸を見つめていた。

一刻前、草むらのなかで犬が激しく吠えているのに棒手振りが気付き、訝しく思って恐る恐る草を分け入っていったところ、亡骸を発見したのだった。

亡骸の男は、五十前といったところだろう。身につけているものは褌《ふんどし》だけで、袷《あわせ》など肌を隠すものはあたりになかった。衣服だけでなく、所持していた物も見当たらない。

中肉中背の色白な男の心ノ臓のあたりに、刃物による刺し傷が見受けられた。褌姿で出歩く者はいない。まして、夏草が腰のあたりまで生い茂っている空き地なのである。したがって、衣服と所持品は何者かによって奪われたのだろう。

つまり、追剝《おいはぎ》にあって殺されたと見るのが妥当だ。追剝は刃物を突きつけて脅し、財布などの所持品と身につけているものすべてを奪い取るのだが、抵抗したり顔を見られれば命さえも奪う。男を殺した追剝はそうしたあとで、通りの道からここまで引きずってきたということになるが、通りの道からここまでは七、八間ほどある。

(妙だな。殺した男を道からここまで引きずってきたのなら、草がなぎ倒されているはずだがその跡がない。そればかりか道にも草むらにも血の跡がない……)

重蔵はあたりの草むらを見回し、首を傾げた。

「親分、なにか？」

首筋から顔にかけて手拭で何度も汗を拭きながら、定吉が訊いてきた。

すぐそばを流れる大川から運ばれてくるぬるい風と草いきれが混じり合った熱気が体に纏わりついて、じっとしているだけでも汗が噴き出てくるのだ。

しかし、定吉の隣にいる京之介は汗をかかない訓練でもしているのか、涼しい顔をしている。

「体の強張り、血の色や固まり具合からみて、殺されたのは昨夜遅くだろう。だが、引きずってきた跡もなけりゃ、通りの道にも草むらにも血の跡がない。この仏は、他の場所からこの草むらに運ばれてきたに違いない……」

重蔵は顔から汗がしたたり落ちるのもかまわず、難しい顔をして亡骸を見ながら、低い声で唸るようにいった。

「親分、おれたちが追っている追剝は、人を殺しちゃいない。この男を殺ったのは、また別の追剝じゃないかな」

血を見るのが苦手な京之介だが、目の前の亡骸は心ノ臓あたりだけ血が流れた跡があるからだろう、亡骸から目を背けてはいない。

「へい。おれもその線が濃いんじゃないかと——」

ここひと月の間に、深川で五件もの追剝が起きている。門前仲町《もんぜんなかちょう》で二件、中ノ橋《なかのはし》の近くで一件、本所《ほんじょ》の大横川《おおよこがわ》べりで一件、南森下町《みなみもりしたちょう》で一件である。

被害者それぞれ別々に話を聞いたが、いずれも夜遅くの犯行で、被害者は身ぐるみ剝がされて丸裸にされた。犯行はひとりによるもので、その追剝は、二本差しである。声もあまり出さず、黒い布で顔を覆っていたから年はわからなかったが、着流しの雪駄履きで、浪人ふうの男という印象だと全員が口を揃えている。

また、被害者はすべて遊び帰りの商人で供の者を連れておらず、追剝は人通りの少ない通りの草むらに潜んでいたということだった。

そうした手口が五件すべて一致していることから、追剝は同一人物だろうと推測された。そして、二日前から日が落ちたころに小名木川《おなぎがわ》に架かっている高橋《たかばし》のあたりの草むらに、覆面をした男が潜んでいるのを見たという情報が二度寄せられた。

そこで重蔵は、定吉と一緒に昨夜から朝にかけて海辺大工町《うみべだいくまち》一帯を巡回し、手の空いている下っ引きたちに声をかけて、要所要所に張り込ませていたのだった。

ところが、重蔵たちがそうしている間に別の追剝が熊井町に現れ、この亡骸の男を獲物にしたうえに刺し殺したのだ。

しかし、これまでの五件と今回の事件が違う肝要なところは、五件の犯行に及んだ追剝は匕首《あいくち》で脅すだけで、ひとりも殺していないという点だ。

だから、京之介も重蔵も、まず第一に今回の事件は別の追剝がやったのではないかと見立てたのである。

重蔵は、そのほかにもこの男の亡骸について、不可思議な点に注目していた。

「若旦那、この仏の心ノ臓のあたりの刺し傷をよく見てください。定も見てみろ
――」

「へい」

定吉と京之介は、亡骸の男の心ノ臓の刺し傷をまじまじと見つめた。

「親分、なにがいいたい？」

京之介が訝しい顔つきで訊いた。定吉も同じことをいいたげな顔つきだ。

「心ノ臓を刺されたにしちゃ、流れている血が少ない。傷口も肉が赤みを帯びているもんだが、白っぽく乾いている」

重蔵は十手で指し示しながらいった。

「ふむ。いわれてみればそうだな」

「確かに、この仏からはあまり血が流れ出ちゃいませんね……」

と、定吉がいった。

「うむ。それに鋭い匕首のようなもので刺されたら、傷口の肉や皮が縮む。そのために傷口のまわりが盛り上がるもんだが、そうなっちゃいない」

「へえー」

そんな知識のない定吉は感心している。

「親分、つまり、この仏は心ノ臓を刺されてはいるが、それが原因で死んだわけじゃないといいたいのかい？」

「へい」

重蔵が確信して頷くと、定吉は、

「親分、いってぇどういうことか、おれにもわかるように説明してくださいよ」

と、目を白黒させて訊いた。

「定吉、この仏はな、刺される前に死んでいた。つまり、息を引き取ってから匕首のようなものでずぶりと刺されたってことさ」

京之介がいうと、

「本当ですかい？」

と、定吉が重蔵に確かめた。

「そういうことだろ、親分？」

京之介は重蔵に同意を求めた。

「へい。生きている人間の心ノ臓にぶすりとやって刃を抜きゃあ、夥しい量の血が噴き出て、刺した相手は返り血を浴びて蘇芳の樽を浴びたようになっちまうし、刺された本人も血まみれになっちまうもんだ。だが、亡骸にもその一帯にも、通りの道や草むらにも血の跡がない。それに傷口が白っぽく乾いているのも、まわりの肉が盛り上がっていないのも、すでに事切れた人間に刃を刺したときにできる特徴だ」

重蔵は、まだ難しい顔をしている。

「そういわれてみれば、この仏、苦しそうな顔をしていませんね、親分」

定吉が心ノ臓から亡骸の顔に視線を移していった。

「定、いいところに気が付いたな。そのとおりだ。刺し殺されたもんはたいがい、驚いたときのように口と目を見開いて、両手をぎゅっと握りしめてるもんだ。ところが、この仏を見てみろ。両方の手は自然に広げているし、死に顔も穏やかなもんだ」

重蔵は、どうにも納得がいかないという顔つきでいった。

「確かに親分のいうとおりだ……」

定吉はしげしげと仏の顔を見ていい、

「でも、なんだって死人を刃物で刺したんでやすかねぇ？」

と、重蔵と京之介を交互に見ていった。

「事切れた男を身ぐるみ剝ぎ取って、褌姿にしたうえに、匕首みたいなもんで心ノ臓を突き刺した。このひと月に起きている追剝の仕業《しわざ》に見せようとしたんじゃないかなあ」

京之介がいうと、

「しかし、いったいなんのために、追剝の仕業に見せようと装ったんでやすかねぇ」

定吉は首を傾げていった。

「この男が死んだときの事情を、なんとか隠したかったのかもしれないな。どうして死ぬことになっちまったのか、それがわかりゃあなぁ。ま、この仏が何者なのかわからないことにはなんにもはじまらない。仏を自身番屋に運んで、どこかの自身番に行方がわからなくなった、あるいは帰ってこない者を探して欲しいという身内の者の届けがないかどうか確かめよう。おい、仏を番屋に運んでくれ」

　重蔵は野次馬たちが近づいてこないように、見張りをしている若い番人ふたりに声をかけて立ち上がった。

二

「毒死でないことは確かですね」

　熊井町の自身番屋に呼ばれてきた五十前の検死をした役人が、運ばれてきた仏の顔や体をつぶさに見ていった。

「毒で殺されたかどうかは、銀簪《ぎんかんざし》を口に入れたりするもんじゃねぇんですかい？　それで銀簪の色が黒く変わると毒で、変わらねぇと毒じゃねぇんだとか――」

　興味津々《しんしん》といった顔つきで検死役人の様子をみていた定吉が、重蔵に小声で囁くようにして訊いた。

「それは、毒を盛られて死んだばかりのときに限ってのことだ」

重蔵が答えてやると、その声が検死役人に聞こえたようで、

「毒死の場合、目と口の両方が開いているものです。それに顔の色は黒紫か青くなっているものなんですよ」

と、検死役人がいい、重蔵を見てさらに続けた。

「殴る蹴るした跡も見当たりません。首になんらかの跡もないから、絞め殺されたわけでもない。ほかに考えられるとすれば、水死だが、胸や腹に水が溜まっているわけでもないから、この男がどうして死んでしまったのか、その因果がさっぱりわかりません。なにか特別な持病があったとみるべきでしょう」

「病死ってことですかい？」

重蔵が訊いた。

「そういうことです」

検死役人がいうと、

「病死した男を、わざわざ殺されたものと見せかけた、か……」

京之介が自問自答するようにいった。

「そんな馬鹿なことを、いってぇどこのだれがやるってんですぅ？」

定吉が眉をひそめて訊いた。

「さぁな。どっちにしろ、おれたちが追っている追剝とは別の者が殺《や》ったことは、どうやら間違いないようだ。親分、そうだろ？」

京之介がいった。

「へい。この男を丸裸にして刃物を刺したのは、追剝の仕業を装うための小細工でしょう。どうやら、また面倒なことを抱えることになったようだ」

重蔵は苦笑いしていった。

とそのときだった。自身番屋の戸が勢いよく開き、若い手代を連れた上等な羽織を羽織った二十半ばと思われる男が息を切らせて入ってきた。

そして、仏が戸板に乗せられて置いてある、重蔵たちがいる奥の部屋にまっすぐにやってきて、仏の顔を見ると、その場に立ち尽くし、

「おとっつぁんっ……」

と、呆然としてつぶやくと、膝から崩れ落ちた。

「どうしてだい？　おとっつぁんがどうしてこんな目に……おとっつぁんっ、わたしですっ、清右衛門《せいえもん》ですよ、おとっつぁん、目を開けておくれよぉ～っ……」

清右衛門と名乗った若い男は、仏にすがりついて泣き叫んだ。

「あの人は、いったいどこの清右衛門さんだい？」

重蔵が、清右衛門から離れて立っている、青ざめた顔をした二十になるかならないかの若い手代に訊いた。

「は、はい。手前は深川小松町《こまつちょう》の太物屋《ふとものや》『湊屋《みなとや》』の手代、庄吉《しょうきち》と申します。あちらは、『湊屋』の旦那さまでございます」

「ということは、あの仏は清右衛門の父親――」

重蔵が声を落として確かめると、

「はい。大旦那さまの清兵衛《せいべえ》さまでございます」

と、手代の庄吉が答えた。

「清右衛門が落ち着いたところで、清兵衛の亡骸を『湊屋』に運んで、いろいろと話を聞かせてもらうとしよう」

「かしこまりました」

庄吉は神妙な顔で答えた。

清兵衛の亡骸が小松町の太物屋『湊屋』に運ばれると、清右衛門をはじめ、奉公人たちは嗚咽を漏らしながらも通夜の準備で店の中は大わらわになった。

　重蔵たちは、店の中が落ち着きを取り戻すまで、近くの水茶屋で暇つぶしをしてから『湊屋』に戻ることにした。

　重蔵は、三十年前からその場所で水茶屋をやっているという六十近くと思われる気の強そうな女将《おかみ》から、『湊屋』について、いろいろな話を訊き出すことができた。

『湊屋』は大店《おおだな》とはいえないまでも、八人の奉公人を使っている名の知れた太物屋で、死んだ大旦那さまと呼ばれていた清兵衛は四十八だということ。内儀のお三重《みえ》は清兵衛と同い年だが、二年前に病で亡くなり、それを機に清兵衛は一人息子で跡取りの二十五になる清右衛門に商いを任せて、まだ男としても商人としても油の乗った年だが、早々に隠居したということ。

　清兵衛の評判は、すこぶるよいものばかりだった。中でも耳をひいたのは、清兵衛は実は、二年前に病死した内儀のお三重の二番目の亭主だということだ。

『湊屋』のひとり娘のお三重は、二十のときに浅草の同業の太物屋の大店『大野屋《おおのや》』の次男を婿《むこ》にもらったのだが、跡取り息子の清右衛門が二つになったとき、流行《はや》り病であっけなくこの世を去ったという。

　上野の奉公先から暖簾《のれん》分けしてもらって、小松町に『湊屋』を構えたお三重の父の惣兵衛《そうべえ》は、店やお三重、その息子で跡取りの清右衛門の行く末を案じて、お三重の婿が死んで一年して手代の中で特に真面目で働き者で二十五だった清次郎《せいじろう》（清兵衛）に、お三重の夫になってくれと頼んだ。

清次郎は断ることなどできなかった。房州《ぼうしゅう》の貧しい漁師の次男だった清次郎の両親は病弱だったため、清次郎は給金をいつも前借りしていた。番頭はいい顔をしなかったが、惣兵衛は真面目で働き者の清次郎に目をかけており、個人的にかなりの額の金を貸してやっていたのである。

そんな恩のある惣兵衛の頼みを清次郎が断ることなどできるはずもなく、いわれるまま清次郎は子持ちの後家のお三重の婿になった。

『湊屋』の新しい旦那となった清次郎は名を清兵衛に変え、これまで以上に店のために働き詰めになって働き、あれよあれよという間に『湊屋』の商いを大きくさせていった。

お三重との夫婦仲も悪いという話は聞いたことがなく、跡取り息子の清右衛門にもやさしい父親だったという。

「お三重との間に子がなかったのは、夫婦仲がよくなかったんじゃないのかい？」

重蔵が水茶屋の女将に水を向けるように訊くと、

「とんでもないですよ、親分」

見事なほどきれいな銀髪の水茶屋の女将は、大きく首を横に振って笑い飛ばした。

「どういうことだね」

重蔵がなおも訊くと、

「もし、自分に子ができでもしたら、どうしたって清右衛門より自分の子を可愛がりたくなるのが人情というものだ。だが、そんなことしちゃあ、お三重お嬢さんにとっても清右衛門坊ちゃんにとっても申し訳ない。いや、なにより先代の大旦那の惣兵衛さまに顔向けできない。わたしは、思う存分自分の思うように商いをさせてもらっているだけで十分だよ――それが、清兵衛さんの口癖でね。本当に、清兵衛さんは、仏さまみたいな人ですよぉ。そんな清兵衛さんが殺されるなんて、なんて恐ろしい世の中なんでしょう。八丁堀の旦那、重蔵親分、きっと清兵衛さんを殺した下手人《げしゅにん》を捕まえてくださいましよ」

水茶屋の女将は、涙ながらにそういって、袖で目頭を拭った。

三

「たいへんお待たせいたしまして、誠に申し訳ございませんでした」

半刻ほどして、『湊屋』に戻った重蔵は帳場で、番頭の卯吉《うきち》を待っていた。

京之介は女中、定吉は手代たちに聞き込みをしている。

帳場にやってきた卯吉は四十で、少し離れた長屋に女房とふたりの息子と暮らしているという。小太りで、垂れた目をしている卯吉は、見るからに正直そうだ。

「なぁに、たいへんなことが起きた中、おれのほうが暇を作ってもらって申し訳ないが、なにしろ事が事だ。店の者たちの力を借りて、一刻でも早く、清兵衛がどうして命を落とすことになったのかはっきりさせたいんだ。わかってくれるな？」

重蔵は、「殺された」という言葉を使わずに、慎重な物言いをした。

「はい。親分のいうことは、ごもっともなことでございます。わたしどもでお力になれることがございましたら、なんなりとお申し付けくださいまし」

卯吉は神妙な顔をしていった。

「ありがとうよ。じゃあ、さっそくだが、昨日、清兵衛さんは、どこに出かけていたんだい？」

　重蔵が訊くと、

「はい。大旦那さまは、お内儀さまを亡くされたのを機に隠居して一年ほどしてからですかね、暇つぶしに碁会所にいくようになって、そこで北新堀町《きたしんぼりちょう》で『七沢屋《ななさわや》』という小間物屋を営んでいる、大旦那さまと同郷の幼馴染、彦衛門《ひこえもん》さまとばったり出会ったのでございます。それからというもの、碁会所ではなく、彦衛門さまの家にいって碁を打つようになりました。そして、ここ半年ほどは、二日に一度はお家にお邪魔して、夜遅くまで碁を打つようになりまして、彦衛門さまのお家に泊まられ、朝帰りするようになりました。昨日も大旦那様は彦衛門さまのお家へ碁を打ちに。はい」

　と、答えた。

『七沢屋』という小さな小間物屋を営んでいる彦衛門も三年前に女房を亡くしているのだという。

　彦衛門には娘がひとりいるのだが、神田《かんだ》の小間物屋に嫁いでいるので、近くに住む顔馴染の若い娘に身の回りの世話をさせており、気楽なひとり暮らしだった。

　そんな彦衛門にとって、同じ境遇の清兵衛は得難い幼馴染で、共通の趣味である碁を夜更けまで続けるのだという。

そうなれば当然、『七沢屋』に泊めてもらうことになる。北新堀町と深川小松町は永代橋《えいたいばし》で結ばれているので、距離的にはさほど離れていない。

しかし、夜中の道は危険が多い。特にここのところ、追剝が頻繁に出没しているのでなおさらであるし、夜中に歩いて帰ろうとすれば町木戸で怪しい者と疑われる恐れもある。

それを避けるためにも、気楽なひとり暮らしをしていて同郷の幼馴染の彦衛門の家に泊めてもらって朝帰りしたほうがよほどいいと、清兵衛はいっていたという。

(ということは、清兵衛は昨夜、彦衛門の家に泊まらずに、家に帰ってくるつもりだったということか？……)

重蔵は胸の内でそう思いながら、

「昨日、清兵衛は彦衛門の家には泊まらず、家に帰ってくるといってなかったかい？」

と、訊くと、

「いいえ。いつものようにいそいそと出かける用意をしながら、明日の朝戻るからねと、おっしゃって出ていきましたが」

「家に戻ってこなければならないような所用は、なかったかい？」

「さて……」

　卯吉は少し考え込んでから、

「そのようなことはございませんでした」

　と、答えた。

「そうかい――」

　重蔵はいいながら、

（『七沢屋』の彦衛門のところにいって、いろいろと確かめなきゃならないな……）

　と、胸の内でつぶやいていた。

「ところで、清兵衛と旦那の清右衛門の仲はどうなのかね」

　重蔵が訊くと、

「どうとは？」

　卯吉はぽかんとした顔で訊き返した。

「ふたりは、生《な》さぬ仲だと聞いているんだが？」

　重蔵がかまをかけるように訊くと、

「あ～、そういうことですね」

　と、卯吉は合点がいったとばかりに、手でぽんと膝を叩いた。

「うむ」

重蔵が期待した顔つきで見ると、

「確かに血は繋がっておりませんけれども、親子仲はそりゃようございましたよ。わたしが、ここに小僧で奉公にあがったのは十四のときで、そのときにはもう大旦那さまの実のお父上は他界なさっていて、大旦那さまとお内儀さまはご夫婦になっておられましたが、大旦那さまは、旦那さまのことを実の子のように可愛がっておられました。それは、旦那さまが大きくなられても変わっておりませんし、旦那さまも小さいときから大旦那さまをたいへん慕っておりました。親分さんも旦那さまのあの悲しみよう、ご覧になったでございましょう？　旦那さまのお気持ちを察しますと、わたしは胸が潰れてしまいそうでございます……」

そういうと卯吉は懐から懐紙を取り出して、瞼から溢れそうな涙を拭い、鼻をかんで悄然となった。

「では生前、お内儀のお三重と清兵衛の夫婦仲は、どうだったのかね」

重蔵はなに食わぬ顔で訊いてみた。

「はぁ……」

卯吉は意図を図りかねているようだ。

「いくら恩のある惣兵衛の頼み事とはいえ、喜んで子持ち後家の婿になるものかなと思ってね」

「そういわれますと、良くも悪くもなかったと申し上げるのが適当かもしれません。ともかく大旦那さまは、お内儀さまが生きていらしたときは、明けても暮れても仕事漬けの毎日でしたから、親子そろってどこかへ出かけたりするというようなことはございませんでしたねぇ。でも、まあ、確かに改めてそう訊かれてみますと、夫婦喧嘩をしたこともございませんでしたが、ご家族の笑い声も聞いたことがございませんでしたねぇ……」

「ふむ。清兵衛は、まだ四十八だ。お内儀を二年前に亡くして、その後、後添えをもらうつもりはなかったのかね」

「跡取りの清右衛門さまに申し訳が立たないと、お子をもうけようとしなかった方でございますよ。後添えをもらうなんて、そんなこと考えもしなかったことでございましょう」

「しかし、それは惣兵衛が生きていたときの話だろ？　惣兵衛が亡くなったのは、いつごろだね？」

「ええと……お内儀さまが亡くなる五年前でございます」

「ということは、七年前。清兵衛は、まだ男盛りの四十一か二だな。舅《しゅうと》の目がなくなった清兵衛は浮気したり、女を囲ったりということはなかったのかい？」

「断じてございません。というのもその当時、先代の大旦那さまの惣兵衛さまが借金して作った蔵代の返済がたいへんで、大旦那さまが一番ご苦労なさっていたときでございましたから。大旦那さまは、その難局を乗り切って、今の『湊屋』の身代をお作りになったんです。女になんか気をとられている暇なんかありませんでしたよ」

聞けば聞くほど、清兵衛は仕事ばかりしていて、女の姿はちらりともない生真面目を絵に描いたような男だったようだ。

「ふむ。では、それほど遣り手だったのなら、商売敵《がたき》から恨まれることもあったんじゃないのかね」

「とんでもございません。大旦那さまに限って、人さまから感謝されこそすれ、大旦那さまを恨む者などだれひとりおりませんよ。取引先が支払いを遅れても、決して無理な催促はしないようにといわれておりましたし、困った人がいれば手を差し伸べなさい、それが人というものだというのが口癖で、実際に何人の人を助けたことかしれません……」

「そいつぁ、まさに〝仏の清兵衛〟だなぁ」

「はい」

「しかし、そんな商い一筋の清兵衛が、お内儀さんを亡くしたとはいえ、まだ若い清右衛門にすぱっと跡を譲るもんかね」

「はい。大旦那さまが隠居すると言い出したときには、旦那さまもずいぶんお引き止めしました。まだ二十三のときでしたからね。しかし、大旦那さまは、働き過ぎたのがいけなかったのでございましょう。お内儀さまを亡くしたころから、心ノ臓がずいぶん弱くなりまして、いつも薬を手放せないようになりましてね。そんなこともございまして、いつまでも自分を頼ってはいけない。隠居するからといって、おまえを見捨てるわけじゃない。なにか困ったり、迷ったりすることがあったら、いつでも相談にのるからといって、旦那さまを説得して隠居なさったのでございます」

「ふむ。本当にそんな仏さまみたいな人がいるとは驚いた。生きているうちに、会っておきたかったものだ。清右衛門にも話を聞きたいところだが、清兵衛があんなことになって、ずいぶん気を落としているようだから、今日のところはやめておこう。邪魔したな。ありがとよ」

「とんでもございません。また、なにかお訊きになりたいことがございましたら、いつでもお出でくださいませ。そして、一日も早く大旦那さまの命を奪った者を捕まえてくださいまし。親分さん、くれぐれもよろしくお願いいたします」

番頭の卯吉は、深々と頭を下げた。

「ああ、なんとしても解決してみせる」

重蔵は、そういって『湊屋』を後にした。

四

重蔵は、『湊屋』の近くの水茶屋で、京之介と定吉と落ち合い、北新堀町で小間物屋を営んでいる『七沢屋』に向かうことにした。

道すがら、奉公人たちからなにか耳寄りな話は出なかったかと訊いてみたが、清兵衛に関しては良い話ばかりで、人から恨まれるようなことは決してないし、女に関する噂など少しも聞いたことがなく、ここのところ変わったこともまったくといっていいほどなかったということだった。

「親分、どんな善人でもうしろ暗い昔のひとつやふたつはあるものだというのが、親分の信念てぇか口癖でやすが、清兵衛にはそんなもんはまったくないようですぜ」

定吉がいうと、

「それだから、余計に怪しい――親分、そういいたいんだろ？」

京之介が茶化すようにいった。

重蔵は、ただ薄い笑みを浮かべただけで先を急いだ。

『湊屋』がある小松町を出た三人は、南に下って大名屋敷を右に曲がって佐賀町《さがちよう》に出ると、そのまま進んで大川に架かる永代橋を渡った。

水面からおよそ一間半以上、長さ百十間、幅三間余りの大きな永代橋を渡り終えて、右手に高尾稲荷《たかおいなり》がある通りをまっすぐに進むと日本橋川《にほんばしがわ》に架かる豊海橋《とよみばし》が見えてきて、それを過ぎれば北新堀町である。

その北新堀町の手前には、大川の河口から日本橋川へ廻船する数多くの船を監視する御船番所がある。

夜間の大川へ船を出すことはお上によって禁止されているのだ。灯りがないので、夜間の航行は危険だというのが第一の理由である。

それに、そもそも夜になってから、大川で川開きに打ち上げられる花火を屋形船から見る以外に、船を浮かべる必要がまったくないのだ。

であるのに、あえて船を出すとすれば、悪事を企んでいる者ということになる。そうした悪人の動きを封じるのが第二の理由だった。見つかれば当然、追われて捕らえられることになる。

彦衛門が営む小間物屋『七沢屋』は、北新堀町のなかほどにあった。話に聞いていたとおり、こぢんまりとした店だった。

重蔵たちが店にいた若い娘に彦衛門に用があると伝えると、奥の部屋からずんぐりした体型の、鬢《びん》に白いものがちらほら見える彦衛門が出てきた。

「し、死んだっ⁈　清兵衛がっ⁈……」

居間に通された重蔵たちが、清兵衛が死んだことを彦衛門に伝えると、冷たい麦茶を運んできてくれた彦衛門は驚きのあまり、手にした湯呑を落としてしまった。

「それは、いったいどういうことなんですっ？」

濡れた畳を拭くのももどかしそうにして、彦衛門は顔色をなくして訊いた。

「清兵衛がいったいどうして死んだのか、それをおれたちも知りたくて、こうしておまえさんを訪ねてきたんだ」

「はぁ……」

彦衛門は動揺し、わけがわからないという顔をしている。

「清兵衛の亡骸には、いくつか妙なところがあってね――」

重蔵は、これまでにわかっていることを包み隠さず彦衛門に話した。

「そこで、まず、訊きたいのは、昨日、清兵衛はいつものようにあんたのところに碁を打ちにきたのかね？」

　重蔵が改めて確かめると、彦衛門は急にそわそわし出して落ち着かない様子になった。

「？——もしかして、清兵衛は、ここにはきてなかったのかい？」

　重蔵は、眉をひそめて彦衛門を睨みつけるようにして訊いた。

　彦衛門は、そんな重蔵から目を逸らして、視線を泳がせている。

「——実は……」

　彦衛門は、よほどいいにくいのだろう、そこまでいって口ごもってしまった。

「実は、なんだね？」

　重蔵は焦れる気持ちを抑えて、平静を装って落ち着いた声で問い質《ただ》した。

　京之介と定吉も、じっと彦衛門を注視している。

「清兵衛が、ここにきて碁を打っていたのは、半年ほど前までで……」

「？——それは、いったいどういうことだい？　清兵衛は、昨日、あんたのところにきちゃいないっていうのかね？」

「は、はい……」

彦衛門は、ばつの悪そうな顔をしている。

重蔵と京之介、定吉の三人は呆気に取られて顔を見合わせた。

「彦衛門、おまえさん、いったいどういうことなのか、きちんと話してくれ」

重蔵は、さっきまでと打って変わって険しい顔つきで彦衛門を見据えていった。

「は、はい。なにからなにまですべて申します。わたしたちは、一年ほど前に清兵衛と碁会所でばったり出会ったのは本当でございます。数十年ぶりの再会を喜び合いました。そして、その日から清兵衛は、わたしの家に碁を打ちにくるようになりましたが、泊まっていくということはありませんでした。ところが、半年ほど前から、清兵衛が二日に一度、おまえの家で夜更けまで碁を打ち続けたから泊めてもらっているということにしてくれと言い出したんです……」

「つまり、二日に一度、あんたのところに碁を打ちにきて、この家に泊まって朝帰りしていたといっていたのは嘘だったということか？」

「は、はい。『湊屋』の者だけでなく、もし、だれかがきて、本当に碁を打ちにきているのかと訊かれても、そう答えてくれと清兵衛に頼まれまして……」

「どうもわからないな。清兵衛はどうしてそんなことを、おまえさんに頼んだんだね」

「わたしも何度か、わけを教えろといいましたが、清兵衛はとにかく黙って自分のいうとおりにしてくれというばかりで……」

「じゃあ、清兵衛は、おまえさんのところに泊まらずに、いったいどこに泊まっていたんだい？」

「さあ……」

彦衛門は、いよいよ困った顔で首を傾げている。

「さあって、おまえさん、清兵衛がどこに泊まっていたか、知らないのかい？」

「はい……」

彦衛門は、申し訳なさそうに肩をすくめながら元気なく答えた。

重蔵は、どうしたものかと宙を仰ぎ、ふぅっと大きくため息をついて、

「清兵衛には、女がいたんじゃないのかい？」

と、ふたたび彦衛門を見て訊いた。

「はい。わたしも、そうなんじゃないかと思って、だれにもいわないから、どうなんだと何度となく訊いてみました」

「ふむ。それで？」

重蔵が話を促すと、

「しかし、清兵衛は、なにを馬鹿なことをと笑い飛ばして、まったく取り合ってくれませんでした……」

彦衛門は顔を左右に振りながら答えた。

「おまえさん、清兵衛にうまいことしてやられたんじゃないのかい？」

「そうかもしれませんが……」

「おまえさんから見て、どうかね？　清兵衛に女はいそうだったかね？」

「わかりません。わかりませんが、女房を亡くしたばかりのころは、碁を打つのも本当にただの暇つぶしという感じで、そんなに楽しそうにしているわけではなく、ここに長居をすることはなかったんです。それが、先ほどもいいましたが半年ほど前くらいからですかね、夜更けまで碁を打っていたために、ここに泊まったことにしてくれと言い出したのは」

「半年前……」

「はい」

「半年前になにかあったのかい？」

「いえ、特には――ただ、清兵衛の顔が穏やかになったというか、よく笑うようになったので、女房を亡くしたことへの気持ちの整理がついたのだろうくらいに思っていました」

　と、彦衛門は答えた。

「ふむ。しかし、『湊屋』の番頭によると、清兵衛とお三重夫婦の仲は良くも悪くもなく、清兵衛はともかく仕事一筋で、家族のことはほったらかしに近かったという話だ。そんな清兵衛が、お内儀のお三重が亡くなったことへの気持ちの整理をするのに、そんなに暇がかかったというのは、どうにも腑に落ちないな」

「親分、やっぱり清兵衛に女ができたんじゃねぇですかい？」

　それまで黙って重蔵と彦衛門のやりとりを聞いていた定吉が口を挟んできた。

　煮え切らない彦衛門の物言いと、はっきりしないことばかりで、定吉は口を挟みたくていらいらしていたのだろう。

「そうとしか思えないな」

　京之介も口を開き、定吉の考えに賛同した。

「彦衛門、おまえさん、清兵衛に女がいたのかどうか、まったく心当たりはないのかい？」

「ございません。でも、清兵衛は賭け事や女郎屋通いをするような男でもありませんし、酒もたしなむ程度しか飲みません。それなのに半年前くらいから、それまでと人が変わったように明るくなったことを今改めて思うと、おっしゃるとおり、清兵衛に気に入った気立てのいい素人《しろうと》の女ができたのかもしれません」

彦衛門は、みんなの言い分に押されて、清兵衛に女がいるような気になってきたようだ。

「清兵衛に女ができたかもしれないというのは、おれたちの当て推量にすぎない。そして、その推量どおり、清兵衛に女がいたとして、その女がどこの女で、住まいがどこなのかわかりゃ道が開けそうな気がするんだが……」

重蔵は、また腕組みをして思案顔になった。

五

清兵衛の亡骸が見つかって三日が経ったが、新たな情報も入らず、事件についての進展もなにもないままだった。

通夜の次の日、重蔵たちは『湊屋』の主、清右衛門に話を訊くために店にいったのだが、出迎えた番頭の卯吉の話によると、清右衛門は父親の清兵衛があんな形で見つかったことに衝撃を受けて体調を崩して臥せっており、重蔵たちの相手をするのは体調が戻ってからにしてもらいたいといわれ、未だに連絡はない。

「ここのところ、例の追剝もおとなしくしているな」

町廻りの途中で昼になり、重蔵と京之介が、居酒屋『小夜』で廻り髪結いに出ている定吉がくるのを待っていると、京之介が思い出したようにいった。

いつも客たちでごった返す店内は、昼飯を食べるには少し早い時刻だからか、二、三人の客がいるだけだ。

「そうですねぇ」

重蔵は、心ここにあらずといった塩梅でいった。

清兵衛の妙な亡骸のことが頭から離れないせいで、重蔵はここのところ、ずっとこんな感じなのだ。

突然、店の戸口が勢いよく開いて、定吉が汗だくになって小走りでやってきた。

雨こそ降っていないが、梅雨の最中だからだろう、江戸の町は朝からむっとするような空気に包まれていて、少しでも走ろうものなら汗が噴き出てしまう陽気が続いている。

「親分、京之介さん、お待たせしちまってすいやせん」

「なぁに、おれたちもついさっききたばかりさ」

京之介が薄い笑みを浮かべていった。

「定吉さん、喉が渇いているでしょう、はい、どうぞ」

こういうとき、見事なほど気が利く小夜が、冷たい麦茶を持ってきて、さっと定吉に差し出した。小夜の凛とした顔を見ると、一瞬、蒸し暑さも忘れてしまいそうである。

「女将さん、ありがとうございます」

定吉は、小上がりの畳の上に髪結いの道具箱を置いて、小夜が差し出してくれた麦茶を喉を鳴らしながら一気に飲み干した。

「お代わり、持ってくるわね。みなさんの分も――」

そういって小夜がその場を去ると、

「親分、京之介さん、『湊屋』の清右衛門が体調を崩して臥せっているってぇのは、嘘ですぜ」

定吉が勢い込んでいった。

「なに?」

「定、そりぁ、どういうことだ?」

重蔵も京之介も眉を寄せて定吉の顔を見つめて訊いた。

「つい、さっき、清右衛門が歩いているのを、この目で見たんですよ」

「ほんとか？」

「どこでだ？」

京之介、重蔵の顔が急に生き生きし出した。

「へい。油堀西横川《あぶらぼりにしよこかわ》沿いの伊沢町《いざわちょう》に住んでいるご贔屓《ひいき》さんで、常磐津《ときわづ》のお師匠さんをしている人がいるんで、そこでひと仕事終えて歩いていたら、清右衛門の姿が見えたんで、あれ？　臥せっていたはずじゃあと思って、気付かれないように近づいていってみたら、清右衛門本人だったんでやすよ。それに供もつけずに、やたらとあたりを気にしているふうでやして――」

「尾《つ》けたのかい？」

京之介が訊いた。

「もちろんです。それで遅くなっちまいやして」

「それで、清右衛門は、どこにいったんだ？」

重蔵は焦れたように訊いた。

「へい。伊沢町から坂田橋《さかたばし》を渡って、蛤町《はまぐりちょう》と北川町《きたがわちょう》の両方の敷地に少しまたがる円速寺《えんそくじ》にいったんですよ」

「円速寺が『湊屋』の菩提寺なのか」

重蔵がいうと、

「そうみてぇです。線香あげて、墓に手を合わせてやしたから」

と、定吉は答えた。

「清右衛門は、なんだって体調が悪いといって、おれたちに会おうとしないのかな？」

重蔵は、右手で顎をさすりながらいった。

「それはわからねぇですが、親分、清右衛門の妙な動きはそれだけじゃねぇんですよ」

定吉がいったところで、小夜が冷えた麦茶を運んできたので、定吉は口をつぐみ、なんとなく気づまりな雰囲気になった。

「あら、あたしがいちゃ、お邪魔かしら？」

小夜は、ひとりひとりに運んできた麦茶を飯台の上に置きながら訊いた。

「邪魔だなんてことはないが、なにしろ、殺しの話だからね」

重蔵がおいしそうに、小夜が運んできてくれた冷えた麦茶で喉を潤しながらいうと、

「親分、あたし、すっかり捕物話が好きになっちゃって。上の部屋を使わないってこ

とは、内緒の話じゃないんでしょ?」

と、小夜は目を輝かせて、重蔵の近くに腰を下ろしていった。

「まぁ、そうだが――」

重蔵が頭を掻いていうと、

「定吉、話の続きをしてくれ」

京之介が促した。

「へい。線香をあげて墓に手を合わせた清右衛門は涙を流して、『おとっつぁん、わたしがきっと、なんとかするから安心して成仏してください』っていってたんでやすよ」

「わたしがきっと、なんとかするから安心して成仏してください?」

重蔵が繰り返していった。

「へい」

「どういうことかな?」

京之介も眉をひそめて首を傾げている。

「おれも聞きながら、よくわからねぇなぁと思っていたら、少しして様子のいい四十女が、清右衛門のところに近づいてきたんで、慌てて近くの墓の陰に隠れましたよ」

「様子のいい女?」

重蔵が眉をひそめて、また繰り返した。

「定吉さん、そこ、大事なところよ。それで、あたしとどっちがいい女?」

小夜は、柳眉を寄せて、定吉を睨むような顔を作って訊いた。

「あ、いや、そりゃ、女将さんのほうが若く見えるし、きれいに決まってまさぁ、へへ」

定吉が困り顔でいうと、

「定、そんなどうでもいい世辞はいいから、話を続けろ」

重蔵はにこりともせず、怖い顔をしたままで先を促した。

すると、小夜は小声で、「世辞だなんて、ひどいっ」と独り言のようにいい、重蔵に見えないように、べえーと舌を出して、その場から去っていった。

「ん? 女将、どうしたんだ?」

重蔵は、どうして小夜がつんけんしていってしまったのかわからず、ぽかんとした顔で、小夜のうしろ姿を目で追っている。

「定吉、先を続けてくれ。その女と清右衛門はどんな話をしたんだ?」

耳が異常にいい京之介は、小夜の言葉が聞こえたのだろう、苦笑いを浮かべながら定吉に話の続きを促した。

　気を取り直した定吉は口を開き、

「へい。女が心配そうな顔で、清右衛門に、本当に大丈夫なんですかとか、やっぱりお上に届け出たほうがいいんじゃないですかとかいっていやした」

　といった。

「なにか深い事情を抱えてそうだな」

　京之介がいうと、

「これも当て推量だが、おそらく清兵衛の死になにか関わりがあることだろう」

　と、重蔵がいった。

「定吉、その女のあとは尾けたのかい？」

「もちろんでさぁ」

　定吉は、得意満面で鼻息を荒くしている。

「どこに住んでいる女なんだ？」

「それが小網町《こあみちょう》三丁目のしもた家にひとりで住んでいるんでさぁ」

「小網町三丁目？『七沢屋』がある北新堀町とそう離れていないな」

　重蔵がいうと、

「彦衛門は知っていたんじゃないのかな」

京之介が右眉を上げていった。

「彦衛門が隠しているとは思えないが……定、その女の名はなんてんだい？」

重蔵が訊くと、

「お里《さと》というそうです。そのお里は、神田の蠟燭問屋『上島屋《うえしまや》』の主の忠兵衛《ちゆうべえ》という七十近い男の囲い者だっていうんです」

定吉が滑らかな口調で答えた。

『上島屋』の忠兵衛は、六日に一度の割で、お里のいる妾宅にやってくるということである。周囲の人々からうまいこと聞き込みをしたようだ。下っ引きとしての腕をずいぶんあげたものである。

「そのお里って女は、元はなにをしていたのかわかったか？」

「へい。浅草広小路の水茶屋勤めをしてたときに、『上島屋』の忠兵衛に見初《みそ》められたってぇ話です」

「囲われ者になって、ずいぶん長いのか？」

「十年ほど前ぇから囲われているようですよ」

「お里は、四十だといっていたな。ということは三十で忠兵衛と出会ったことになるが、ずいぶん長いこと水茶屋勤めしていたんだな。亭主を持ったことはないのか？」

「すいやせん。そこまでは……お里についてもっと調べましょうか？」

「うむ。そうしてくれ」

「親分、ずいぶんお里にご執心だね」

　京之介の顔に冷笑が浮かんでいる。離れた料理場のほうにいる小夜にも話が聞こえているのだろう、小夜が心なしかおもしろくなさそうに顔をしかめて重蔵を見ているのを京之介は知っているのだが、重蔵はまるで気付かないようだ。

「定吉の話では、清右衛門がなにやら危ないことをしようとしていて、お里はそれを心配し、お上に届け出てはどうかといったという。その清右衛門がやろうとしていることは、おそらく清兵衛の死に関わることに違いない。それがなにかを清右衛門におれたちが訊いても、おそらくしらばっくれるでしょう。そこへいくと、お上に届けてはどうかと心配しているお里に当たったほうが分がありそうだと考えたんですよ」

　重蔵が考えを巡らしながらいうと、

「なるほどね。それにはは、お里についてもっと詳しく知っておいたほうがなにかといいと思ったわけだ」

　京之介は得心《とくしん》がいったという顔をしている。

「そんなわけだ。定吉、頼んだぜ」

重蔵がいうと、

「合点でさぁ」

と、定吉はうれしそうに頷いた。

六

お里は、縁側に座り、降り出した雨を見るともなしに見ながら、自分の来し方を振り返っていた。

お里は、本所の裏店《うらだな》で渡りの板前の父と母の間に生まれた。母親が体が弱かったためか、お里の他に子はいなかった。

父親は怠け者なうえに気位ばかり高く、客や店の主に料理の味のことで少しでも文句をいわれるとすぐに店を辞めてしまい、次に働く店を探そうとはせず、家で朝から酒を飲んでは、酔って母親や自分に暴力を振るった。

当然、住まいは貧しい裏店で、母親は体が弱いのに朝から豆腐などの触れ売りをして歩き、夜は夜で縫物仕事をして手間賃をもらい、かつかつの暮らしをしていた。

だが、母親はやがて無理が祟《たた》って寝込むようになってしまい、父親も酒の飲み過ぎで肝ノ臓を患《わずら》って動くのもやっとという状態になっていった。

そうなると、稼ぎ手は、お里ひとりである。だが、年端のいかない女の子にできる仕事など、そうあるはずもない。

そんなお里を不憫に思った長屋の大家が、『湊屋』という太物屋で女中を探しているから奉公に出てみないかといってくれたのである。

『湊屋』の奉公人は、全員が住み込みだった。女中は、お里を入れて三人いた。ふたりとも二つ三つ年が上だった。十四のお里は実家の両親を恋しがって泣くことはなかったが、ふたりの女中は布団の中でよく泣いていた。

お里は、飲んだくれの父親から暴力を受けたり、体が弱く布団に横になってばかりの母親がいる辛気臭い実家にいるより、『湊屋』にいるほうがしつけや仕事のたいへんさはあるけれども、三度の飯にありつけ、夜も安心して眠れることのほうがよほど有難かった。

だが、ひとつだけどうにも困ったことがあった。父親が酒代や母親の薬代がないといって、店にやってきて給金の前借りをするようになったのである。

一度は旦那さまも給金の前借をさせてくれたが、味をしめた父親はひと月もしないうちにまたやってくるようになり、お里は暇を出されそうになってしまった。

そんなお里を助けてくれたのが、八つ上で五人いる手代の中でもっとも仕事のできる清次郎だった。自分の給金を貸してくれたのである。店の裏口に呼び出されたお里と父親の話を偶然、耳にしたのだという。

そして、『こんなことをしては、お里ちゃんは暇を出されてしまう。そうなったら、元も子もないでしょう。これを最後におやめください』と、父親にきっぱり釘を刺したのだった。

それでもお里の父親が金の無心をすぱっとやめることはなかったが、清次郎はお里に気づかれないように金を渡し、お里に迷惑をかけないでくれと言い続けたのだった。

あるとき、お里は清次郎がそんなことをしていることを知り、清次郎に泣きながら謝り、礼をいった。すると、清次郎は、「お里ちゃん、大きくなったら、おいらの嫁さんになってくれないかい」と照れ笑いを浮かべていったのだった。

お里は驚いた。同時に耳まで赤くなるほどの恥ずかしさとうれしさに胸が弾み、自然と首を縦に振っていたのだった。

それから二年ほどして、お里の父親はぽっくり死んだ。肝ノ臓に質《たち》の悪いしこりができたのが元《もと》のようだった。

お里が悲しむことはなかった。むしろ、これで自分や清次郎が父親から金を無心されずに済むという安堵のほうが大きかったのである。

だが、お里と清次郎の出費はかさみ続けた。お里の母親の体に病魔が棲み付き、名医とよばれる医者に診てもらったり、高価な薬を使っても一向によくならず、医療代が出ていく一方だった。

お里も母親も、お金がもったいないからもういいといっても、清次郎は金を出し惜しまなかった。

「お里ちゃんのおっかさんは、おいらにとってもおっかさんじゃないか。水臭いことというなよ」と、屈託なくいうのだった。

それでもかなりの金額になる。清次郎は、これまで貯めた金だとお里にいったが、実は清次郎に目をかけていた『湊屋』の惣兵衛が、個人的に貸してくれていたのである。

そのとき、惣兵衛はひとり娘に婿を取っており、男の子の孫も生まれていたのだが、婿には商才がないことを見抜いており、いずれ清次郎を番頭に据えて、店の切り盛りをさせようと考えていたのである。

そのためにも惣兵衛は、清次郎に恩を売っておき、金で縛っておこうという遣り手の商人らしい計算高いことを考えていたのだ。

一方の清次郎も、医者代や薬代は房州の実家の両親が重い病にかかっていて、そのために必要な金だと惣兵衛に嘘をついていた。

お里の母親の治療のために用立てているといえば、惣兵衛はまだ女房でもない女の母親にそんなお人好しなことはやめろというに決まっているからである。

お里と清次郎の願いも空しく、お里の母親はそれから一年ほどでこの世を去った。

そして、さらにお里を悲劇が襲った。お里の母親が死んでから、さらに一年後、惣兵衛の娘婿が二歳になろうとしている息子を残し、流行り病で呆気なく死んでしまったのである。

すると、『湊屋』の大旦那の惣兵衛は、店と娘のお三重、跡取りの孫の行く末を案じて、あろうことか、二十五の清次郎に娘のお三重の婿になってくれと言い出したのだった。

お里と清次郎にとって、まさに青天の霹靂《へきれき》だった。だが、大恩ある惣兵衛の願いを無下に断ることなど清次郎にできるはずもない。

苦悩する清次郎の姿を見ると、お里は胸が潰れる思いがするのだった。

「清次郎さん、お内儀さまのお婿さんになってちょうだい。清次郎さんがしてくれたことは、あたし、一生忘れない。清次郎さんとの思い出だけで、あたしは生きていけるから心配しないで。おとっつぁんやおっかさんのために清次郎さんに用立てていただいたお金は、何年かかってもきっとお返しします。あたしは、それを生きがいに生きていきます。清次郎さんなら『湊屋』を、きっと押しも押されもしない大店にできるはずよ。陰ながら、見守っている。頑張ってね、清次郎さん、そして、本当にこれまでありがとう……」

涙ながらいったそれが、お里の清次郎にいった最後の言葉だった。

いつの間にか清次郎とお里のことは、『湊屋』では半ば公然の秘密になっており、悋気の強いお内儀のお三重がそれ相応の金をお里に渡して暇を出したのである。

もちろん、清次郎は、金を返すというお里の申し出を断ったことはいうまでもない。

七

少しあとで知ったことだが、お里が暇を出されたあと、『湊屋』でそれまで働いていた奉公人たちすべてが暇を出されたということだった。

惣兵衛とお内儀のお三重は、自分たちのこともさることながら、息子の清右衛門のあとあとのことを考え、お里と清次郎のことを知っている者たちを一掃したかったのだろう。

お里はその後、口入屋の紹介で、浅草広小路の『福田屋《ふくだや》』という水茶屋で働きはじめた。

清次郎への想いを断ち切るためには、もっと遠くにいくべきだと思ったのだが、お里にはできなかった。それほど、お里の清次郎への想いは強かったのである。

『湊屋』の旦那となった清次郎は清兵衛と名乗るようになり、あれよあれよという間に『湊屋』の身代を大きくしていった。

そのことは、浅草広小路にいるお里の耳にも届くほどだった。

もともと美しい顔立ちをしていたお里は、水茶屋で働くようになると、化粧もうまくなり、着物の選び方や仕草にも磨きがかかり、『福田屋』で一、二を争う人気者になっていった。

だが、寄る年波には勝てない。三十に手が届くようになると、新しく入ってきた若い女たちに人気を奪われ、お里は茶をひくことが多くなっていた。

そんなあるとき、『福田屋』の主を通して、神田の蠟燭問屋の『上島屋』の主、忠兵衛がお里をぜひ囲いたいといってきたのである。

その申し出以前に、幾人もの人から、ぜひ嫁に欲しいという話があったのだが、お里はそのたびに断った。むろん、清次郎への想いが消えなかったからである。

だが、時の移ろいは残酷だった。一年過ぎるごとに肌の衰えが目に見えてわかるようになり、容姿に自信がなくなっていくのだ。

倹《つま》しい暮らしをしながら金を貯めてはいたものの、働かずとも食っていけるだけの金を貯める自信があるはずもなく、女ひとりで暮らしていける芸事も身につけていない女は、結局のところ男にすがるよりほかはないのである。

お里は、泣く泣く忠兵衛の申し出を受けることにした。もちろん、忠兵衛がどんな男であるのか人に調べてもらっていた。

忠兵衛は、三年前に女房を亡くし、息子と娘がいるちょうど還暦を迎える男だった。一代で蠟燭問屋『上島屋』の身代を築いたこともあって、四十近くになる息子にまだ店の切り盛りを任せるつもりはなく、商いは今も自分が取り仕切っている。

娘は上野の同じ蠟燭問屋に嫁いでいるが、後添えをもらうとなると、世間体が悪いなどと息子や娘をはじめ親戚筋が反対することが目に見えている。

かといって、女の肌は恋しいが、世間体があって女郎屋通いをするわけにもいかない。そこで、だれにも知られずに口が堅い、素人女で見目のいい女を探していたところ、お里が目に留まったのだった。

お里にとって月々の手当ては十分過ぎるものだったし、忠兵衛は、小網町三丁目に買った妾宅に六日に一度きて泊まっていった。

息子や娘には、碁敵のところにいっているという当世ふうの言い訳をしているという。

忠兵衛が妾宅にやってくるのは昼過ぎで、昼飯を食べてから、お里に碁を教えたり、茶の湯を楽しんで時を過ごし、日が暮れると風呂に入ってから、お里が作った総菜を食べながら酒をたしなむ。

しかし、それからがお里には虫唾が走る時を迎えることになる。還暦を迎えた忠兵衛は、すでに男としての役目は果たせなくなってきており、お里を裸にしてあられもない恰好にして荒紐で縛り付けて、張り型や妙な道具を使って喜ばせようと、異様な目をして見つめるのである。

そうした忠兵衛の嗜好は、お里にとって耐えがたい恥辱で、いっそ死んでしまいたいとさえ思うのだった。

そんなある日、お里は北新堀町で、『七沢屋』の彦衛門のところに碁を打ちにきた清次郎こと清兵衛にばったりと出会ったのである。

「お里……お里だろ？　わたしだよ、せいべ、いや、清次郎だよ」

呆然としながらも、清兵衛は涙を流さんばかりに再会を喜んだ。

「清次郎さん……」

お里もまた、上等な羽織に絹の渋い着物を着、大店の主らしい貫禄を身につけながらも変わらぬ優しさと穏やかな表情の清兵衛を見たとたん、ぽろぽろとうれし涙が溢れてくるのを抑えることができなかったのだった。

しかし、再会の喜びも束の間、お里の境遇を知った清兵衛は、忠兵衛の異様な好色さへの腹立ちと自分の不甲斐なさが入り混じり、お里を不幸に追いやったことを恥じて、おいおいと声をあげて泣き、詫びた。

（この人はなにも変わっていない。あたしの好きだった清次郎さんのままだわ……）

お里も泣いた。年を取ってはいたものの、名のとおり清い心根のままの清次郎の姿を見ることができたお里は、今ここまで死んでもかまわないと思うほどの幸せを感じたのだった。

この日から、清兵衛はお里の家へ通う日々がはじまった。かといって、ふたりが男女の深い関係になったのではない。清兵衛は、忠兵衛に、お里を自由の身にするにはいくらの金を用意すればいいのかを話し合おうとしたのだが、お里は今そんな話を忠兵衛に持ち出せば、忠兵衛は意地になって首を縦に振らないだろう。折を見て、自分からうまいことというから、それまでは事を大きくしないで欲しいと清兵衛に頼んだのだった。

お里にしてみれば、忠兵衛のことより、清兵衛の息子、清右衛門が自分のことを知ればどう思うかのほうが気がかりだった。

そのことを除けば、お里は清兵衛と一緒にいられるだけで、まるで夢を見ているようだった。

特になにをするというわけでもない。忠兵衛に教えられた下手《へた》な碁を清兵衛と打ち、いつも負けてばかりいても楽しい。

食事の世話や風呂で清兵衛の背中を流すだけで幸せで、自然と涙が出てくるのだった。

だが、そんな幸せな刻《とき》が半年近く続いたある夜のことだった。

勢いよく玄関の戸が開き、驚いて玄関先にいくと、あろうことか清兵衛の息子である清右衛門が仁王立ちしていたのである。

そして、悲劇が起きたのだった——。

八

「深川の重蔵ってもんだ。お里さん、いるかい？」

低いが、よく通る声が耳に届いて、お里は我に返った。

「はい。ただいま――」

お里は、うなじのほつれ毛を直しながら、足早に玄関に向かった。

「あんたが、お里さんかね」

傘もささず、雨に打たれながらやってきた重蔵は、手拭で頭や苦み走った顔を拭き、さっさと着物の雨粒を払いながらも、お里から目を離さずに訊いた。

重蔵の横には、まさに水も滴《したた》るいい男というのは、こういう男をいうのだろうと思わせるほど様子のいい同心姿の男が立っていた。千坂京之介である。

「あの、どのような御用でしょうか？」

上がり框《かまち》に正座したお里の胸は、早鐘を打っていた。

「単刀直入に訊こう。『湊屋』の主、清右衛門はなにをしようとしているのかね？」

重蔵の言葉に、お里は胸をぐさりと抉られた思いがして、息が止まりそうになった。

「――いったい、なにをおっしゃっているのか……」

お里は手で胸を押さえ、目を伏せて、声を震わせていった。

「お里、おれたちには詳しいことはわからない。だが、清右衛門がやろうとしていることを止められるのはおれたちしかいないし、清右衛門を助けることができるのも、おれたちしかいないんじゃないのかい？」

京之介は、涼し気な目でじっとお里を見つめて訊いた。

お里は、微動だにせず、膝の上に置いた両手をぎゅっと握りしめて、必死に思案している。

どれほど沈黙が続いただろう。

お里が、不意に顔を上げて、意を決した面持ちで重蔵と京之介を見つめ、口を開いた。

「はい。なにもかも申し上げます。ですから、どうか清右衛門さまをお止めください。お願いいたします」

「うむ。よくぞ、腹を決めてくれたな」

重蔵がいうと、

「さ、話してもらおうか」

京之介がいった。

「ここではなんですから、どうぞ、お上がりください」

お里は立ち上がり、重蔵と京之介を家の中へ招き入れた。


次の日の夜――。

雲に隠れて月明かりのない中、『湊屋』の裏口がそっと開き、中からひとりの男が
あたりを気にしながら出てきた。

少し歩いたところで、人影がないのを確かめると足を止め、火打石で提灯《ちょうちん》の蠟燭に火をつけて、ふたたび歩きはじめた。

男は、『湊屋』の旦那、清右衛門である。清右衛門は、手にしていた重そうな袋を懐に仕舞うと足を早め、油堀西横川沿いの広大な敷地の大名屋敷の高塀を横に見ながら、ひたすら南下していった。


清右衛門が思ってもみなかったことが起きたのは、今月の十五日の夜のことである。

その日、父親の清兵衛はいつものように夕方近くになると、北新堀町で小間物屋『七沢屋』を営んでいる幼馴染の彦衛門の家に碁を打ちにいき、帰りは朝帰りになる

といって出ていった。

しかし、清右衛門は清兵衛のいうことは信じていなかった。

（おとっつぁんには、きっと女がいるに違いない。今日こそは、その場を押さえてやるんだ）

そう心に決めて、清兵衛の後を気づかれないように尾けていったのである。

尾けられていることを知らない清兵衛は、両側に大名屋敷や旗本屋敷がある道を通って佐賀町に出ると、そのまま永代橋を渡った。

永代橋を渡り終えると、右手に高尾稲荷があり、日本橋川に架かる豊海橋が見えてきて、その先が北新堀町である。

北新堀町の手前には、大川の河口から日本橋川へ廻船する数多くの船を監視する御船番所があり、彦衛門の営む小間物屋『七沢屋』は、すぐそばである。

だが、清右衛門は、『七沢屋』に顔を出すことなく、まっすぐに通りを進み、箱崎《はこざき》町《ちょう》一丁目を過ぎて箱崎橋を渡って右に折れて、少しいったところにある、いかにも妾宅といった感じのしもた家の中に入っていった。

（やはり、おとっつぁんは、女を囲っていたんだ……）

清右衛門は植え込みに身を隠し、その隙間から中庭が見える居間に目を凝らした。

すでにあたりは夕闇に染まりはじめていた。やがて、中庭の向こうの居間から男女の楽しそうな笑い声がかすかに聞こえてきて、清右衛門に寄り添うように美しい顔立ちの四十女が居間に入ってきた。

清右衛門が、清兵衛にもしかすると女ができたのではないかと思いはじめたのは、半月ほど前のことで、清右衛門は清兵衛の部屋に夜に呼ばれ、「百両ほど用意できないか。これは、おまえとわたしのふたりだけの秘密だ」といったことが発端だった。

「百両もの大金をなにに使うのですか？」と清右衛門が尋ねても、清兵衛は答えを濁すだけだった。

「わたしにもいえないということであれば、いくらおとっつぁんでも、用立てることはできません」と清右衛門はいった。

すると、清兵衛は、声を荒らげることなく、むしろ悲しい笑みを浮かべて、「そうか。わかった。今の話は忘れてくれ」といい、それきりその話題はしなかったのである。

清右衛門は、そんな清兵衛のなんともいえない寂しそうな笑みを見て、女ができたと確信し、どんな女なのか自分の目で確かめたくなったのだった。

そして、居間で肴を箸で口まで運んでもらい、酒を飲みながら、自分と母親の前では一度も見せたことのない笑顔で、女と碁を打っている清兵衛を見ているうちに、清右衛門の胸の内になんとも説明のつかない怒りがふつふつと湧き起こってきたのだった。

気が付くと、清右衛門は女の家の玄関の戸を開け、仁王立ちしていた。戸の開く音がして、慌ててやってきた女は、しばしの間、呆然と清右衛門を見ていたが、

「もしかして、『湊屋』の旦那さま？……」

と、顔を紙より白くさせていった。

「お里、いったいどうしたんだい……」

少しして、居間から清兵衛がやってきた。

「清右衛門、おまえ、どうしてここに……」

清兵衛が愕然とした顔でいうと、

「おとっつぁん、これはいったいどういうことです。この女は、いったいなんなんです」

清右衛門はいきり立って詰《なじ》るようにいったが、

「まぁ、あがんなさい」

と、清兵衛は静かに、落ち着き払った声でいい、清右衛門を家の中に招き入れた。

そして、居間にいき、清兵衛、お里、清右衛門が畳に腰を下ろし、清兵衛は飲みかけていた猪口《ちょこ》を口に運び、

「清右衛門、実は、このお里とわたしは若い時分、夫婦になる約束をした仲なのだ。しかし、わたしのせいで、お里を女房にすることができなかった。そのいきさつについてはいつか、おまえにもきちんと話をしようと思っていたんだ……」

といったときだった。

清兵衛は、突然、「うっ」とうめき声をあげ、苦しそうな顔をして、胸に手を当てて、

「清右衛門、薬を……」

といった。心ノ臓が悪くなっていた清兵衛は、いつも手提げ袋の中に薬を持ち歩いている。

清右衛門は、そばにあった手提げ袋の口を開けると、逆さにして中にあるものをすべて畳の上にぶちまけた。

しかし、目を皿のようにして、必死になって探しても、見慣れている薬の包み紙がなかった。お里に早く会いたくて慌てていたために、薬を袋に入れて持ってくるのを

うっかり忘れたのだろう。

「ない。おとっつぁん、いつもの薬がない……」

清右衛門は、おろおろしながら清兵衛にいったが、清兵衛は胸を押さえ、苦しそうに顔を歪めて顔面蒼白になって脂汗をかいてなにもしゃべれずにいる。

「清兵衛さん、しっかり。清兵衛さん……」

お里もおろおろすることしかできない。

そんな状態がどれほど続いただろう、清兵衛は、清右衛門の腕を摑むと、必死になにかをいいたそうにしていたが、すっと息を吸ったかと思うと、そのまま動かなくなってしまった。

「おとっつぁん……お願いです、おとっつぁん、目を開けてください、おとっつぁん……」

「清兵衛さん……清兵衛さん……」

清右衛門とお里は、ふたりして清兵衛にすがりつくようにして体を揺すってみたが、清兵衛が目を開けることは二度となく、その顔はさっきまでとはまるで違って、穏やかなものだった。

「教えてください……あなたは、おとっつぁんと、どんな関わりのある人なんですか……」

乱れた着物を整えてやった清兵衛の遺体を居間の中央にきちんと寝かせ、しばらくの間眠っているような安らかな清兵衛の死に顔を見つめていた清右衛門が、ぽつりといった。

「わたしは、十四のときに『湊屋』に奉公にあがり、清兵衛さんはそのころ手代として働いていて、清次郎と名乗っていました……」

お里は、涙ながらに訥々と清兵衛とのこれまでのことを語りはじめた。

お里の話は、一刻近くに及んだだろうか。清右衛門は、一度も口を挟むことなく静かに耳を傾け、終いのころは目に涙を浮かべて聞いていた。

「――そうでしたか。おとっつぁんが、家のことはおっかさんに任せっきりで、心ノ臓が弱ってしまうほど寝る間も惜しんで、ただひたすら商いに励んだのは、きっとあなたとのことを思い出さないようにするためだったのでしょうね……」

「申し訳ありません……」

お里が消え入るような声でいうと、

「なにもあなたが謝ることはありません。おとっつぁんにとって、お里さん、あなたは、生涯でただひとり愛した女《ひと》だったんですね……偶然にもあなたと再会を果たし、この家であなたと過ごすときだけ、おとっつぁんは幸せを感じていたのでしょう。そんなこととは露知らず、たいへんな無礼を働いたわたしを許してください……」

清右衛門の目から一筋の涙が流れ落ちた。

「許してくれだなんて、とんでもございません。旦那さま……」

すっかり涙がかれ果てたとも思っていたお里だったが、清右衛門の心のこもった言葉を聞いてふたたび溢れ出てくる涙を袖でそっと拭った。

「しかし、お里さん、おとっつぁんが、ここで死んだことはだれにも知られちゃいけません。こんなことをいってはなんだけれども、お里さんは囲われ者の身。男と女の関係では決してなかったといっても、わたしは信じますが、あなたの面倒を見ている神田の『上島屋』の忠兵衛が、不義密通だと訴えれば、おそらくお上は死罪という重く、恥ずべき裁きを下すでしょう。おとっつぁんにも、そしておとっつぁんがなにより大切に思っていたお里さんにも、そんな恥さらしな罪を着せるわけにはいきません。力を貸してください」

「はい。わたしのことなど、どうでもよいのです。そんなことより、清兵衛さんが懸命に働いて大きくした『湊屋』の信用を失うことになれば、わたしは生きていられません。旦那さま、わたしはなにをすればいいのでしょう？　なんなりとおっしゃってください」

お里は、懸命に訴えた。

「わたしにいい考えがあります。この家のすぐ近くは堀になっていますよね。一番近くの舟の渡し場はどこですか？」

「二十間ほど上がったところに、渡し場がありますが……」

「舟は泊まっていますか？」

「はい。いつも猪牙《ちょき》が二、三艘泊まっています」

「よし。お里さん、墨と筆を用意してください」

「墨と筆？　なににお使いになるんですか？」

「いいから、わたしのいうとおりにしてください」

「はい」

お里は、すぐに筆と硯を用意して、墨を磨りはじめた。

（ここのところ、頻繁に追剝が出没している。おとっつぁんは、その追剝に殺されたように見せかければいいんだ。一か八《ばち》かだが、それより他に方法はない……）

清右衛門は、胸の内で何度もそうつぶやいて、これからする手順を頭の中で繰り返したのだった。

九

『湊屋』の裏口から、そっと外に出た清右衛門は、清兵衛の亡骸が見つかった大川沿いの熊井町の川辺の空き地に足を踏み入れた。

清右衛門は、清兵衛の亡骸を、お里の家から運び出して猪牙舟に乗せて茣蓙《ござ》を被せ、舟首に『御用』と書かれた提灯を結びつけた竿を立てて日本橋川に舟を出した。

永代橋の西詰めで夜間の船の航行を監視している御船番所の役人たちも、急を要する御用のために船を出したと思って黙認すると考えてのことだった。

もちろん、提灯に書かれた『御用』の文字は、お里に用意してもらった墨と筆を使って白い無地の提灯に、清右衛門が書いたものだ。夜間だから本物と偽物の見分けはつかないと思ったのだが、案の定うまくいった。

あとは、拍子抜けするほどうまくいった。大川の流れに任せるようにして櫓を漕ぎ、四半刻ほどで熊井町の河岸に着いた。

清右衛門は、舟から清兵衛の亡骸を下ろして空き地に運び、追剝の仕業に見せるために清兵衛の着物を脱がして褌姿にすると、護身用に持ち歩いていた匕首を懐から取り出した。

そして、

「おとっつぁん、許してください……」

と、心の中で泣き叫びながら、心ノ臓をめがけて突き刺した。

それから清右衛門は、乗ってきた猪牙舟を大川に流し、『御用』と書かれた提灯と清兵衛の着物、匕首を川に投げ捨て、町木戸が閉まる前に家に帰ることができたのだった。

翌日の朝、清兵衛の亡骸は、犬の激しい鳴き声に気付いた、近くを通り過ぎようとしていた棒手振りによって見つけられたのである。

（これでいい。すべて、うまくいった……）

通夜と葬儀を終えた清右衛門は疲れ果て、八丁堀の旦那や深川一帯を取り仕切っている重蔵親分が会って話が聞きたいといってきたが、体調が優れないといって断り続けた。

そんな矢先、清右衛門のもとに文が届いた。店の前を掃き掃除していた小僧に、浪人ふうの男がやってきて駄賃を渡し、文を旦那に渡せといったという。

文を読んだ清右衛門は驚愕し、体が震えた。

『父親の清兵衛を殺した現場を一部始終見た。大川に捨てた清兵衛の着物、匕首、偽の御用提灯。すべて持っている。黙っていて欲しければ、明日の宵五ツ、清兵衛を殺した場所に百両を持ってこい。さもなくば、お上に届け出る』

金釘流の文字ではない。きちんと手習いで習得した文字だった。

清右衛門は頭を抱えた。

(それにしても百両とは大きく出たものだ……一度手渡せば、味をしめて繰り返し求めてくるに違いない。それにしても、いったい何者だろう？　もしや、お里さんを囲っているという神田の『上島屋』の忠兵衛か？　一応、お里さんにも知らせておくべきだ。お里さんにもし、なにかあったら、おとっつぁんに申し訳が立たない……)

清右衛門は、清兵衛が眠っている円速寺で、お里に会って文のことを伝えた。

お里は、清右衛門のことを心配し、お上に届け出てはどうかといったが、そんなことをすれば、これまでの努力がすべて無駄になるだけでなく、お里と清兵衛とのことが公になってしまい、清兵衛が築き上げた店の信用を失ってしまう。

それだけは、なんとしても避けなければならない。清右衛門は、腹を決めて文を寄越した相手と対峙することに決めたのだった。

「ほぉ、五ツちょうどにくるたぁ、感心だぜ。清右衛門さんよ」

暗闇の中、腰の高さを上回るほどに生い茂っている夏草の間から、ぬっと男が現れた。

清右衛門がびくっとして提灯をかざして見ると、男は黒い布で顔を覆っており、腰に大小を差し、手に風呂敷を持っている。匕首や偽の御用提灯、清兵衛の着物などが入っているのだろう。

「百両、持ってきた。いったい、おまえは何者だ?」

清右衛門は、恐怖を堪えながら、精いっぱい平静を装っていった。

「名乗るほどのもんじゃありませんよ。ここのところ、世間を騒がせている追剝とでもいっておきましょうか」

男は、含み笑いをしている。

「あの夜、追剝をしようとこの草むらに隠れていて、わたしがしたことを見ていたというわけか」

「ま、そういうことですよ。追剝をするより、よほど金になるものを見させてもらったってぇわけです。さ、長居は無用だ。用意してきた百両、いただきましょうか。この風呂敷の中に、あんたがあの夜、使った匕首やら父親の着物やらが入っている。せぇので投げ交わして、確かめ合いましょうや」

「わかった」

清右衛門と男は、「せぇの」と声を揃えていい、清右衛門は男の足元に百両の入った袋を投げ、男は手にしていた風呂敷を投げてよこした。

男はすぐに腰を落として袋を手にして広げ、数えはじめた。

が、一方の清右衛門は風呂敷を拾おうとはせず、懐から匕首を取り出して白木の鞘から匕首を抜き、男にそっと近づいていった。

（こいつを殺《や》らなければ、何度も金を要求してくるに決まっている。そんなことをさせるものか……）

清右衛門は胸の内でつぶやき、匕首を宙に高々と上げ、

「死ね！　このろくでなし！」

と、叫んで、男の体に振り下ろそうとしたそのときだった。

どこからともなく、石礫《いしつぶて》が飛んできて、清右衛門が匕首を持っている右手首に見事に当たった。

「うっ……」

清右衛門は、思わず匕首を草むらに落とし、石礫が当たった痛さに声をあげた。

「てめぇ、おれを殺ろうってぇ魂胆でやってきたんだな。商人のくせに、いい度胸しているぜ。だが、殺られるのはてめぇのほうだぜ」

男は、そういうと、鯉口《こいぐち》を切って抜刀した。

と、そのときである。

「追剝風情が、偉そうな口を叩くもんじゃないよ」

少し離れた草むらから、すっと立ち上がって姿を見せたのは、京之介だった。

「それに旦那、こんなところで命を落としたら、亡くなった清兵衛が浮かばれませんよ」

京之介の横から立ち上がった重蔵がいった。

重蔵と京之介は、お里から、清右衛門が清兵衛の亡骸を猪牙に乗せて大川を渡り、熊井町の川辺に捨て置き、追剝の仕業にみせかけようと丸裸にして心ノ臓に匕首を刺して逃げたところを何者かに見られ、百両もの金を脅し取られようとしていることを告げられたのだった。

そこで、重蔵と京之介は清右衛門が動き出すのをずっと見張っていたのである。

「お、おまえたちは……」

黒い布で覆面した男は、明らかに狼狽している。

「さぁ、追剝さんよ、おれが相手してやるよ。どこからでもかかってきな」

京之介は、覆面の男の前に一間ほど近づいて対峙すると少し腰を落とし、鯉口を切ったが抜刀はしないでいった。

刀身を鈍く光らせ、正眼の構えをしたまま、しばし、京之介と睨み合っていた覆面の男は、「きぇぇ〜っ……」という奇声を発して刀を振り上げ、京之介の前に突き進んでいき、刀身が京之介の頭上に届く距離になったとき、ブンッと振り下ろした。

と、その刹那、京之介は目にも留まらぬ速さで、鞘から刀を抜き、峰を返しながら覆面の男の胴にズバッと斬り込んだ。

「ぐえっ！……」

覆面の男は、ひと声漏らすと、刀を京之介の頭上で止め、踏み込んだ体勢のまま静止していたが、やがてぐらりと体を傾け、どっと草むらに倒れ込んだ。

「若旦那……」

重蔵が京之介に声をかけると、京之介は刀身を宙に浮かせるように見せて、

「親分、おれは血を見るのが苦手なんだ。見てくれ。刀に一滴の血もついていないだろ」

といって、にやりと笑った。

重蔵は倒れた覆面の男のそばに駆け寄ると、懐から捕り縄を取り出して、素早く腰縄を打った。

「おれの縄張り、深川でこれまで五件の追剝をやったのは、てめぇか。どんな面《つら》をしているのか、見せてもらうぜ」

重蔵は、男がしている黒い布の覆面を荒々しく取った。

追剝を働いた男は、月代《さかやき》は伸び放題の三十半ばの浪人ふうで、およそ人を殺せるような極悪人の面相からはほど遠い貧相な顔をしている痩せぎすの男だった。

「こんな形で、おまえを捕まえることができるなんて思ってもいなかったよ。それもこれもおまえが馬鹿な欲を出してくれたおかげだ。自業自得とはまさにこのことだ」

重蔵が、腰縄を打った男を立たせながら、清右衛門に顔を向けていうと、

「親分、申し訳ありませんでした。わたしは……わたしは……」

清右衛門は声を震わせてそこまでいうと、嗚咽をもらしはじめた。

そんな清右衛門に、

「清右衛門、なにかおれに謝らなきゃならないことでもしたのかい？」

といった。

「え？」

清右衛門は、清兵衛が死んだのは追剝の仕業に見せかけようと、事切れた清兵衛の亡骸の心ノ臓に匕首を突き刺すという罪深いことをしてしまったのだ。

清右衛門は、意味がわからないという顔で、重蔵を見上げた。

「あんたは、以前、『湊屋』で奉公していたお里という清兵衛の碁敵の家で、心ノ臓の発作を起こして亡くなったおとっつぁんを、この川辺まで運んで力尽きて家に帰ったんだろ。違うかい？　ねえ、若旦那？」

重蔵は京之介を見て、片目をちらっとつぶった。

「うむ。しかし、葬式を終えたあと、おとっつぁんが大切にしていたものを落としたことに気付いて、ここに戻って探していたら、おれと親分が追いかけていたこの追剝野郎と出くわしてしまったってわけだ」

京之介が微笑んで答えると、

「あ、ありがとうございます。親分、八丁堀の旦那、この御恩は一生忘れません……」

重蔵と京之介が、清兵衛の死を偽装したことに目をつむるといっていることを理解した清右衛門は、涙を流して二人に礼をいった。

十

半月後、お里は、北新堀町で小間物屋を営む『七沢屋』で働くことになった。

神田の蠟燭問屋『上島屋』の主、忠兵衛に二十両を払い、お里を自由の身にしたのは、清右衛門である。

生前、清兵衛が幾度となく忠兵衛に、お里を自由にしてくれるのならいくらでも金を出すと掛け合っても首を縦に振らなかった忠兵衛が、素直に清右衛門の申し出を受けたのは裏で重蔵が動いたからである。

忠兵衛の三年前に女房を亡くしたという話は、嘘だったのだ。そのことを摑んだ重蔵は、忠兵衛をひそかに呼び出して、お里を囲っていることを女房や息子、娘に知られていいのかと迫ったのである。

忠兵衛は実は清兵衛と同じ入り婿で、女房に頭が上がらず、もし妾を囲っていることを、悋気が人一倍強く、誇り高い女房に知られれば、忠兵衛は一文無しで『上島屋』を追い出されるだろうと、重蔵は読んだのだ。

案の定、忠兵衛は重蔵の読みどおり、清右衛門の申し出を受け入れるしかなかったというわけである。

そして、晴れて自由の身となったお里に清右衛門は、本来ならおとっつぁんは、お里さんを後添えに迎えるつもりだったのだろうから、『湊屋』の内儀として一緒に暮らしてくれないかといったのだが、お里は有難いと思いつつも固辞したのだった。

そうした事情を知った清兵衛の幼馴染で、そもそもの清兵衛の碁敵であり、北新堀町で小間物屋『七沢屋』を営んでいる彦衛門が、もしよければ自分のところで働いてくれないかと頼み込み、お里は彦衛門の申し出を受けたのである。

美人のお里が、店に立つようになると客は増え、今や『七沢屋』は北新堀町一の繁盛店になっているという。

そして、五件の追剝をした男、高野《たかの》三郎《さぶろう》に獄門という裁きが下されたのは、梅雨がすっかり明けたひと月後のことだった。

第三話　失せ人探し

一

夏の暑さが一段落したような日のことだった。

「親分、大横川の苫舟《とまぶね》の中で女が殺されているのが見つかりました」

定吉は一刻ほど前に朝飯を食べ終えてから、廻り髪結いで外に出ており、縁側でひとり、うたた寝していた重蔵は、だれかが玄関の戸を開けると同時に発した声で目を覚ました。

「昼日中から女の死体《おろく》か……」

重蔵は素早く起き上がり、神棚に供えるように置いてある十手を懐に入れて、玄関に向かった。

「身元はわかっているのかい」

知らせにきたのは、重蔵より二つ三つ年下の下っ引きの仁平《にへい》という名の男だった。

「へい。本所緑町《みどりちょう》二丁目の裏店に住むおみつという女でした。年は二十四で、四つになる息子がおりやす――」

草履を履いた重蔵は、外に出ようとしていた足をふと止め、おやと首を傾げて仁平を見た。

「おみつ?」

「へい。病を患《わずら》っている父親と三人暮らしだそうで。父親ってのはその……以前、本所で御用を務めておりやした……」

仁平は口ごもった。

「磯吉《いそきち》かい?」

「へい……」

重蔵は胸に重い石を載せられたような息苦しさを覚えた。

深川と隣り合わせの本所を縄張りにしていた岡っ引きの磯吉は、重蔵とおっつかっつの年であり、同業でよく知っている。

だが、磯吉は三年前に女房を病で亡くしたのを機に十手を返上して岡っ引きをやめ、その後、重蔵に行き先を告げずに引っ越しをしてから、一切音沙汰がなくなっていた。

おみつは、大横川の川辺の杭《くい》に繋がれている苫舟の中で、荒縄で首を絞められて息絶えていた。

必死で逃れようとしたようだ。両手の爪が荒縄に食い込んでいる。

かっと目を見開いた瞳に苦悶の相を色濃く浮かべていた。

鼻と口から漏れ出た血が胸元を黒く染め、尻のあたりに尿を漏らした跡が残されていた。

これまでいったい何体の亡骸を見てきたことか知れないが、やはり知り合いの者が殺された惨たらしい死体を見るのは忍びないもので、重蔵は絶句し、呆然とした顔でおみつを見下ろしていた。

(おみつ、なんだってこんなところにいたんだ……)

重蔵は胸の中で苦しそうにつぶやいていた。

大横川の土手は夜鷹《よたか》の巣窟で、日が落ちないうちから体を売る女たちが徘徊し、まともな者は近づかない場所なのである。

昼日中でも河原の地べたを茣蓙《ござ》で囲って、周りから見られないようにして事を済ます者もいれば、苦舟の中で抱かれる女もいる。

「だれが見つけたんだ？」

重蔵が仁平に訊くと、

「野良犬が苦舟に向かって、やたらうるさく吠えているのに気付いた女が覗いて……」

仁平はまた言葉を濁した。

「その女は――」

「へい。昼間っから体を売ってる立ちんぼで……」

「まさか、おみつも体を売っていたということか？」

「見つけた女も、ここらでよく、おみつを見かけていたといっていましたから……」

「おみつの住まい、よくわかったな」

重蔵は動揺を押し殺し、仁平に訊いた。

「おみつが浅草の飾り職人の男のもとに嫁いだのは、親分もご存じでしょう」

「うむ。磯吉がまだ岡っ引きをやっていたころだから、四年くらい前だったな」

重蔵も祝儀をはずんだのを覚えている。

「ですが、男の子を産んで二年後に、亭主が疱瘡《ほうそう》にかかってあっけなく死んじまったらしいです。それで仕方なく磯吉さんのもとに子供を連れて帰ったものの、磯吉さんはずいぶん前から心ノ臓を患《わずら》っていましてね」

「磯吉は心ノ臓を患っていたのか？」

「へい。岡っ引きのときからすでに、病んでいたそうですよ」

（それで十手を返したのか……）

「そんなわけで、生活が立ちゆかなくなったおみつは夜鷹に身を落としたということのようですね」

　重蔵は重苦しい息を吐いた。

「磯吉は、おみつが殺されたことは知っているのか？」

「へい。知らせないわけにも参りませんので……」

「磯吉はどうしてた？」

「寝たきりのところへ、娘がこんなことになってしまったものですから、見る影もないありさまでした」

　仁平も磯吉やおみつのことを知っているだけに、やるせないとばかりに顔を振りながらいった。

　体を売るまでに身をやつしたとはいえ、頼りにしていたひとり娘が何者かに殺されたのである。磯吉の驚きと悲嘆は尋常ではないはずだ。

(気の毒に……磯吉が心ノ臓を病んで、そんな苦しい生活をしていたとは思いもしなかった。住まいがどこか知っていりゃ、少しは力になれたろうに。おれは、磯吉にどんな顔で会えばいいんだ……)

重蔵は自分の不甲斐なさと薄情ぶりに、なんともいえない苛立ちが募ってきたのだった。

「ところで、おみつの息子はどうしてたい?」

「へい。磯吉さんの話によると、おみつが出かけるときは、同じ長屋に住むお松《まつ》という女の子供で、同い年の四つになる太吉《たきち》と遊ばせることにしているそうでして。で、お松は毎晩仕事に出かけるんですが、そのときはおみつが太吉と自分の息子の勝吉《かつきち》の面倒をみるそうで」

「そのお松という女は、なんの仕事をしているんだね?」

「一膳飯屋で働いていると本人はいっています。しかし、店の名や場所を訊いてものらりくらりと生返事ばかりでまともに答えようとしませんで」

「そうか。それで、勝吉はお松の家にいたのかい」

「へい。それが、お松はここ数日、夏風邪をこじらせて寝込んでいまして、太吉は看病しておりまして、勝吉はいませんで。そして、おみつが昨日の昼八ツごろ勝吉を連れて、家から出ていく姿を見たという、別の長屋のおかみさんがいます」

「昼の八ツ？　そんな時刻に、しかも幼い息子を連れて、立ちんぼするとは考えられないな」

おみつは、首に荒縄をかけられたときにもがいたのだろう、多少、着物は乱れていたが、重蔵が十手で着物を股《また》まで捲ってみると、男に抱かれた跡は見られなかった。

（やはり、体を売っちゃいない……となると、なんで下手人はおみつを殺したんだ？）

重蔵が胸の内で、つぶやいていたときだった。

「親分、た、たいへんです。子供が死んでます」

十間ほど川下にいた若い番人が、金切り声をあげた。

「なんだって?!」

重蔵と仁平は同時に声をあげ、若い番人のいるほうへ走った。

かつて、だれかが舟を繋ぐために打ち付けたものだろう、朽ちかけた杭に幼い男の子が、仰向けになって引っかかっていた。

苦悶の表情はなく、まるで眠っているかのように穏やかな顔をしている。

「おみつの息子か……」

重蔵が半信半疑で、だれに訊くともなしに訊いた。

「おそらく、そうじゃないでしょうか……」

仁平が顔を歪めていった。

「早いとこ、川からあげてやってくれ」

夏とはいえ、水の中は冷たい。まして、まだ四つほどの幼い子が、川に浮かんでいる姿はあまりに見るに忍びない。

幼子を河岸にあげて調べてみたが、首を絞められた痕もなければ、体のどこかを刺された痕もない。溺死のようだ。

(おみつを殺した下手人が、幼子の勝吉まで川に投げ入れて殺したということなのか？　もしかすると、勝吉は攫《さら》われて、おみつは取り返しにきて殺されたということなのか？　いや、子供を攫って金を得ようとするのなら、貧しい長屋の子を選ぶ必要はない。となると、狙いはおみつで、おみつを殺したついでに子供も……そう考えたほうがよさそうだ)

「自身番屋におみつとその子を運んで、磯吉にきてもらって確かめてもらってくれ」

重蔵がそういい、おみつの亡骸がある苫舟のほうに戻ろうとしていると、大横川の土手から定吉と京之介が下りてくる姿が見えた。

「若旦那、ご苦労様です」

「うむ。親分、死体《おろく》の身元はわかっているのかい？」

「へい」

重蔵は、殺された女が、本所一帯を縄張りにしていた元岡っ引きの磯吉の娘のおみつであることや、ついさっき川下で見つかった幼い男の子が、おみつの息子かもしれないことなどを手短に語った。

「元岡っ引きの娘とその息子か……」

いつも涼しい顔をしている京之介も、殺された女が元岡っ引きの娘と聞いてさすがに顔に暗い影を落としている。

三年前に女房を亡くしたのを機に岡っ引きをやめた磯吉は、京之介の亡くなった父、千坂伝衛門の同輩で本所を廻り筋にしていた榎本勘九郎《えのもとかんくろう》という同心から岡っ引きの手札をもらっていたので、榎本勘九郎に十手を返上した。

その榎本勘九郎は二年前に病でこの世を去り、今は京之介より十《とお》ほど年上の息子の勘三郎《かんざぶろう》が本所の受け持ちになっているから、京之介も勘三郎も磯吉のことをほとんど知らない。

磯吉が本所の岡っ引きをやめた際に、跡を継いで岡っ引きになったのは、与助《よすけ》という三十男だが、与助は怠け者で捕り方の仕事はほとんどせず、強請《ゆす》りたかりに精を出してばかりいるため、本所のどこの自身番の番人からも頼りにされず、事が起きると本所の自身番の番人たちは一も二もなく重蔵のもとにやってきた。

そして、事件が起きた場所がその受け持ちの同心や岡っ引きが探索するという決まりはなく、いち早く関わった同心あるいは岡っ引きが引き受けることになっているのである。

そんなことから、磯吉の娘のおみつとその息子と思われる男の子が殺された今回の事件は、重蔵と京之介が引き受けなければならないのだが、仮に一足先に榎本勘三郎か岡っ引きの与助が関わり、事件を引き受けることになったとしても、磯吉との関係から重蔵は自分も手伝わせてくれと願い出たことだろう。

(だれであれ、おみつやおみつの子かもしれない男の子、それに磯吉が味わった苦痛を味わわせてやる。忙しさにかまけ、磯吉がどうしているかを思いやることなく見捨ててしまったことへの、それがせめてもの償いってもんだ……)

重蔵は胸の内で、固くそう誓っていた。

「親分、榎本勘三郎殿に、今回の事件はこっちに任せてくれるように話をつけてこようか?」

唐突に京之介がいった。

「え?」

重蔵は、思わず訊き返した。

京之介の手際の良さと、探索をやる気になっていることに驚いたのだ。

「余計なことかな?」

京之介が眉をひそめて訊いてきた。

「いえ、とんでもない。ちょっと驚いたもので——」

「驚いたって、なにを?」

若旦那がやる気を出していることにです——といいたかったが、そんなことをいえば京之介は気分を害するだろうと思い、重蔵はその言葉を呑み込んだ。

「いえ、なんでもありません。若旦那、すみませんが、一応、榎本の旦那に筋を通してもらえますかい?」

「うむ。わかった。で、親分、どこから探索をはじめるつもりだい?」

京之介は屈託なく訊いてきた。

「大横川一帯の夜鷹たちには元締めがいます。花町《はなまち》に住む時蔵《ときぞう》という男で、そいつに会えば、いろいろわかることがあるはずです。時蔵にはおれひとりで十分だから、若旦那と定は、昨日ここらで不審な輩《やから》を見かけた奴はいないか探してくれませんか」

「へい」

と、定吉。

「わかった」

京之介の返事を受けて、重蔵は足早に花町に向かった。

二

大横川の夜鷹たちの元締めである時蔵は、竪川《たてかわ》と大横川が交差するところに架かる北辻橋《きたつじばし》の袂《たもと》近くにあるしもた家に住んでいる。

「六間堀《ろっけんぼり》の重蔵だ。時蔵、いるかい」

玄関を荒々しく開けると同時に、重蔵は怒鳴りつけるようにいった。

すると、すぐに用心棒らしき目つきの鋭い浪人ふうの男がふたり姿を見せた。

「おまえたちに用はない。時蔵はいるかと訊いてるんだ」

ふたたびいうと、

「重蔵親分、聞こえていますよ。さ、どうぞ、お入りください」

　と、にこやかな笑顔を見せていうと、

「おめぇたちは、すっこんでろっ」

　と、時蔵を挟むように立っている用心棒たちに、ならず者口調でいった。

「大横川の川辺に泊められている苫舟の中で、若い女が首を荒縄で絞め殺され、近くの川下で小さい男の子が溺死しているのが見つかったことは知っているな？」

　時蔵と長火鉢を挟んで腰を下ろした重蔵が、睨みつけるようにして訊いた。

「へい。ついさっき――」

　がっしりした体軀で、脂ぎった顔の右頰に刀傷がある時蔵が顔色ひとつ変えずに答えた。

「殺された女は、夜鷹なのか？」

「もぐりのようです」

　時蔵は、煙管《きせる》に煙草を詰めながら答えた。

「もぐり？　夜鷹には、それぞれ縄張りがあるだろ。あの死骸があった苫舟を使って商売する女は、決まってるんじゃないのか？」

「特に決まっちゃいませんよ。早いもん勝ちです」

「どういうことだ？」

「用心棒代を払った女が、場所を決めることになっていましてね。外から見えねぇようになっている屋根付きの苫舟を使って商売する女は、所帯持ちか訳ありのどっちかです。苫舟を使う場合は、所場代も高いんですよ」

時蔵は、うまそうに煙草を吸いながら答えた。

「時蔵、おまえさんが、もぐりを見逃すはずがない。身元は摑んでいるんだろ？」

「いや、あの女はちょっとした訳ありで、詳しい身元はわかっちゃおりません」

「そうかい。実は、殺された女は、以前、この本所一帯を縄張りにしていた、岡っ引きの娘でね」

重蔵がいうと、時蔵は一瞬、顔を険しくさせた。

「まさか、磯吉親分の？……」

「うむ。磯吉の娘のおみつが殺され、近くの川下でおそらくおみつの息子と思われる男の子まで死体で見つかったのは、いったいどういうわけかね」

重蔵は、時蔵をじっと睨みつけるようにして訊いた。

出鱈目《でたらめ》なことをいったら承知しない——そう目でいっている。

「どういうっていわれても……」

なんと答えればいいのか、時蔵は本当に困っているのだろう、重蔵から目を逸らしたきり、黙りこくった。

「時蔵、おまえさんを責めてるんじゃない。おまえさんの考えを訊きたいんだよ」

重蔵が声を荒らげず訊くと、時蔵はほっとしたのか、重蔵に視線を戻した。

「重蔵親分、殺されたおみつって女は、夜鷹を専門にしていたわけじゃねぇんですよ。金に困ったときだけ、同じ長屋に住んでいるおますって女に頼んで縄張りを借りて体を売っていたんです。ま、おますは長ぇことうちの縄張りで夜鷹やってますから、そのおますが目をつぶってくれっていうもんで、おれもうるせぇことはいわなかった次第で。へい」

「おみつと同じ長屋で夜鷹をやっている女は、おますってのかい？」

重蔵は首を傾げた。おみつが行き来していた同じ長屋の女はお松といい、そのお松が夜に一膳飯屋の仕事に出かけるときに、お松の息子の太吉を、おみつが預かっていたと聞いているのだ。

（おますとお松は同じ女かもしれない。夜鷹をするのに本当の名を語る者はいない。もしかすると、一文字だけ違う名の〝おます〟という名で、お松は夜鷹をしていたんじゃないだろうか……）

重蔵がそんなことを思案していると、

「それに、親分、昨日、おみつは商売してませんぜ」

と、時蔵は眉をひそめていった。

「どういうことだ？」

「うちの用心棒たちにも用心棒代は払ってませんし、だいたい昼日中からガキを連れてあんな商売しにこないでしょう」

時蔵は、灰吹きに煙管を叩いて、煙草の葉の燃えかすを落とした。

「確かにな……時蔵、昨日、あのあたりで不審な輩を見たという奴はいないかね」

重蔵が前のめりになって訊くと、時蔵は小首を傾げ、しばし思案しているようだった。

すると、時蔵が、「あっ」と小さな声を出し、膝をポンと叩いて、

「親分、昨日じゃねぇんですが、ここ何日か〝失せ人探し〟ってぇ商売をしている奴が、だれかを探していたらしいって話は耳にしましたよ」

といった。

「〝失せ人探し〟？　なんだ、それは？」

「江戸には、迷子になったり捨てられたりするガキがわんさかいることは知ってまし

よう？」

「ああ」

それがどうした？——重蔵は顔で、そういっている。

「その迷子になったり、捨てられた子にやはり会いたくなった。だから、探して欲しいと頼まれて探すことを商売にしている奴がいるんです。それが〝失せ人探し〟です」

「しかし、そう簡単に見つかるもんじゃないだろう」

「へい。そこが、〝失せ人探し〟の怪しいところなんですよ。本物が見つからなかったら、年恰好、迷子や捨てたときの様子、その家の事情なんかをガキに覚え込ませ、報酬を得ればいい。もし、バレたらバレたで間違いましたで済ませ、また新たにそれらしいガキを探せばいいだけのことですからね」

「体《てい》のいい騙《かた》りじゃないか」

「そういっちゃおしまいですよ」

時蔵は冷笑を浮かべている。

「で、その〝失せ人探し〟がだれを探していたというんだい」

「なんて名の女だったっけな？　ま、殺されたおみつって名じゃないことだけは確かですよ」

「その〝失せ人探し〟とかいう商売をしている奴は、その後、姿は見せないのかい」

「へい。耳にしてません」

「そうかい。他にも不審な奴を見た者がいないか、夜鷹や用心棒たちに訊いてくれないか」

「わかりました」

「頼んだぜ」

重蔵は部屋を出ていった。

三

花町にある時蔵の家を出た重蔵は、おみつとその息子の勝吉と思しき亡骸が運ばれた清水町《しみずちょう》の自身番に向かった。

清水町は、大横川沿いの通りを北にまっすぐに進み、北中之橋《きたなかのはし》が架かる長崎町《ながさきちょう》の隣町である。

「あ、親分」

重蔵が自身番の奥の間に足を踏み入れると、仁平が待ってましたとばかりに声をかけてきた。

おみつと勝吉の亡骸を乗せた戸板のそばの床に、みすぼらしい身なりの男が背中を見せて座っていた。

「六間堀の、久しぶりだな……」

仁平のそばの床に座り込んでいた年寄りが振り向いて、掠《かす》れた声でいった。

その目は泣き腫らし、ところどころ破れている手拭で垂れてくる鼻水を拭いている。

重蔵は、その男が磯吉だとわかるまで間があった。

重蔵の記憶にある磯吉より髪の毛が禿げ上がり、少し残っている鬢《びん》は真っ白で、頬骨が浮き出ている顔にはいくつもの深い皺が刻まれていて、重蔵とおっつかっつのはずだが、あまりに老けていたからである。

磯吉の前には、戸板に乗せられた苦悶の表情を見せたままのおみつ、その隣に幼い男の子が眠ったような穏やかな顔をして仰向けになっている。

「本所の……」

岡っ引き同士は、互いに名は呼ばず、住んでいる場所で呼ぶのだが、重蔵は磯吉のそんな姿を見ただけで胸が塞がれる思いがして、言葉が続かなかった。

「本所の――こんなことを訊くのは酷なことだってぇことは十分承知なんだが、その子は孫の勝吉かい?」

磯吉はちらりと男の子のほうに目をやり、力なく頷いた。

「そうかい……ところで、おみつが大横川にちょくちょく出かけていっていたのは、知っていたのかね?」

重蔵が苦しそうな顔をして訊くと、磯吉は虚ろな目を向けた。

「六間堀の――そいつは……」

磯吉はそこまでいって口をつぐんだ。

「いや、いいたくないのなら、いわなくていい……」

自分の娘が体を売っていたなんてことを実の父親に白状させることはない――重蔵は、ただでさえ磯吉に申し訳ない気持ちでいっぱいなのだ。これ以上、酷な思いをさせるわけにはいかないと思っていた。

「おみつの首に荒縄を巻きつけて絞め殺した挙句、息子を川に投げ捨てて溺死させる。こんなひどいことをするのは、よほどおみつを憎んでいた奴の仕業《しわざ》に違いない。本所の――おみつを憎んでいた奴に心当たりはないかね」

重蔵が、磯吉のそばに腰を落として訊くと、

「六間堀の――おれはもう岡っ引きじゃねぇ。磯吉って名で呼んでくれ」

といい、

「ひとり、心当たりはいるよ」

と、ぽつりといった。

「いったい、どこのどいつだい？」

重蔵が色めき立って訊くと、

「吟次《ぎんじ》って野郎だ」

磯吉は苦々しい顔で答えた。

「吟次？　なんだって、そいつは、おみつを怨んでいるんだい？」

「吟次が怨んでいるのは、おみつじゃなくて、おれだ。あの野郎、おれを苦しめようとして、おみつと勝吉を殺したにちげぇねぇ……」

「本所……磯吉さんよ、どうして、その吟次って奴の怨みをかったんだね」

「それは……」

磯吉は言いづらそうに重蔵から視線を外して、口をつぐんだ。

「いってくれ。でないと、おみつと勝吉を殺した下手人を捕まえられないだろ」

「おれは、あんたと違って、十手持ちだってことをいいことに、ずいぶん悪さをしてきたからなぁ……もっとも、あんたのような一点の曇りもねぇ岡っ引きは、おれは他に知らねぇ。だいたいが、おれのようなろくでなしの岡っ引きなことくれぇ、六間堀の――あんただってよく知ってるだろ？」

磯吉は冷笑を浮かべている。

重蔵は、磯吉がなにをいいたいのか、よくわかっている。

俗に〝大江戸八百八町〟といわれるが、江戸の町は実際には、千七百町以上あるといわれている。

だが、そんなにもある町の治安は、南北の奉行所の定町廻り同心が八人、臨時廻り同心が十六人、合わせて二十四人が町々を見て回っていることになるのだが、どう考えても無理というものである。

そこで、町の隅々にまで詳しく、また町役人や商人たちに顔が利き、ならず者たちとも渡り合えるほどの腕っぷしと度胸があり、同心たちの手下となって働く者たちの力がどうしても必要になってくる。

それが岡っ引きなのである。ちなみに、〝岡っ引き〟の「岡」は、「仮」あるいは「偽」という意味である。

廻り同心は、そもそも〝本引き〟といわれていた。その数少ない廻り同心が、怪しい者を見つけ、自身番屋や本格的な取り調べ番屋、いわゆる「大番屋」に〝しょっ引く〟代わりに、本引きから手札を与えてもらって十手を持った者が〝しょっ引く〟ことから、〝岡っ引き〟と呼ばれるようになったのである。

つまり、厳密にいえば、〝岡っ引き〟が、〝しょっ引く〟のは、違法なのだ。

お上が公認している女郎屋は唯一「吉原《よしわら》」だけで、その他の非公認の女郎部屋は、すべて「岡場所」と呼ばれているのと同じ理屈だ。

その同心の手下となり、危険な目にも遭う捕り物を行う岡っ引きの手当の相場は、月にわずか一分二朱である。

しかも、その金はお上が正式に出すのではなく、同心が個人的に支払う小遣いなのだ。

家族四人の町人の生活費の相場が、月に一両必要なのだから、岡っ引きという仕事はまったく割に合わないということになる。

だから、まともな岡っ引きのほとんどは、副業をもっているか、女房に仕事をしてもらいながら暮らしを立てている。

しかし、岡っ引きの女房たちが、すべて生活力を持っているわけではない。それどころか、岡っ引きの女房で稼ぐことができる者のほうが圧倒的に少ないのだ。

そこで、岡っ引きたちは、金を稼ぐために〝下っ引き〟と呼ばれる手下を使って、あの手この手の強請りたかりをして金銭を得ているのである。

そもそも〝下っ引き〟になる者は、脛に傷を持つ身が多い。違法である博奕に手を出して捕まり、その罪に目をつぶってもらう代わりに〝岡っ引き〟のために働くことを誓わされてなるのだ。

岡っ引きが、下っ引きを使って金を稼ぐのによく使う手はこうである。

まず、下っ引きを使って、小盗人を捕まえる。あるいは、敢えて店の物を盗ませて捕まえ、他にも盗んだ店の名前を吐かせる。

そして、岡っ引きは、小盗人が吐いた店主を自身番屋や大番屋に呼び出し、犯罪が確定されれば、店主は町役人の家主五人組に同行してもらい、お白洲にいって被害を訴え出ることになる。

しかし、そんなことをすれば、店主は丸一日仕事にならないばかりか、家主五人組に迷惑をかけたということで、帰りに高級料理屋で馳走したうえに、それ相応の金を包む慣わしになっている。

であるから、店の物を盗まれた店主たちは、盗まれた被害より高い金が出ていかないように、岡っ引きに金を渡してもみ消してもらうのだ。

つまり、袖の下を渡すのである。その金額も同心が見て見ぬふりのできる、一両以下と決まっているのである。

その町の岡っ引きの顔を知らない商人が店を出したとき、一度そうしたことをしておけば、次からは顔を見せただけで、店主か番頭が袖の下を渡すようになるというわけだ。

こうして岡っ引きは、月にいくつかの大店へ順繰りに顔を出しては袖の下をもらって私腹を肥やし、下っ引きたちの数を増やして一家を大きくして情報を多く集め、なにか事件が起きれば定町廻りや臨時廻り同心たちのために動くのである。

そんなことから、岡っ引きは、〝お上の犬〟と揶揄されて忌み嫌われる者が多く、そうした岡っ引きたちの行状を見て見ぬふりをして罪人を捕まえる定町廻りや臨時廻りの同心たちは、他の役人たちから〝不浄役人〟と陰口を叩かれている。

四

「そもそも〝岡っ引き〟が、怪しい奴らを〝しょっ引く〟ことが違法なら、賭場の開帳だって違法だ。だが、そこかしこで賭場は開帳され、お上は目をつぶっている。だから、賭場を取り締まるのも見逃すのもおれたち次第だろ。だから、見逃しておいて欲しければ、袖の下を渡すのが筋ってもんだが、それをしねぇ賭場が結構ある。だから、そのひとつにちょいと焼きを入れてやったのさ」

磯吉の話によると、その事件は四年前に起きたのだという。

磯吉の女房が原因のわからない病に罹ってしまい、どうしても金が必要になった。

そこで、前々から袖の下を渡さない賭場を脅したのだが、頑《がん》としていうことを聞こうとしなかった。

それに頭にきた磯吉は、榎本勘九郎に頼んで捕り方たちを連れて踏み込んだ。

榎本勘九郎は、手柄を取って悦に入る定町廻り同心だった。

しかし、その賭場に磯吉が踏み込むと、娘のおみつと所帯を持つ約束をしていた根付け職人見習いの吟次という男がいた。

捕まえてみると、吟次は、運の悪いことにその日、先輩職人に連れられてはじめて賭場にきたのだという。

初犯の者は、厳重注意ですぐに番屋から釈放される慣わしになっている。

だから、磯吉は榎本勘九郎に吟次も目こぼししてくれるように頼んだ。

ところが、榎本勘九郎は、融通の利かない男で、吟次に百敲《たた》きの刑を与えたうえに右腕に入れ墨まで施した。

そんなことをされてしまえば、根付け職人になるという吟次の夢は消えてなくなるばかりか、一生前科者の汚名がついて回る。

もちろん、吟次は磯吉の娘、おみつと所帯を持つこともあきらめ、その後は坂を転がるように悪の道に入ってしまったのだという。

「それから一年もしねぇうちに、女房は病が治らず死んでしまい、おれはおみつに詰《なじ》られ続けた挙句、おみつは家を出るようにして浅草の飾り職人のもとに嫁にいっちまって、おれひとり取り残されたというわけさ。おかしなもので、たったひとり家に取り残されたおれは、どういうわけかほっとしたよ。だが、ある日、突然、おみつが亭主に死なれ、孫を連れて出戻ってきちまった……」

磯吉は呆《ほう》けたような顔つきをして、宙に視線を泳がせながらしゃべっている。

そんな磯吉の話を聞きながら、

（磯吉の不幸は、いったいどこまで続くんだ……）

と、重蔵は胸が塞がれる思いをしながらつぶやいていた。

「おみつが孫の勝吉を連れて家に戻ってきたところで、おれは心ノ臓を病んで寝たきりの身だ……息子を飢え死にさせるわけにゃいかねぇから、おみつは体を売るより金を得る手立てがなかったんだ。そんなおみつの境遇をどこで知ったのか、昔、所帯を持とうと約束した吟次が現れやがったのさ……」

「その吟次って男に会ったのかね？」

「ああ。家に押しかけてきやがって、あの野郎、なんていったと思う？」

「なんていったんだい」

「今度こそ、おみつと所帯を持たせてくれだとよ。勝吉のいいおとっつぁんにもなるなんていいやがって……」

「おみつは、どういう気持ちでいたんだね」

「知らねぇよ。なんにもいいやがらなかったからな。だが、たとえ夫婦になりてぇと思っていたとしても、夜鷹なんてしてやがる女が、そんなことをいえるはずがねぇ。そうだろ？　六間堀の――」

「その吟次って男は、その――おみつが、夜鷹をしてるってことを知っていたのかい？」

「おれもそのことは確かめたよ。そうしたら、吟次の野郎、知ってやがったよ。だから、おれとおみつは、割れ鍋に綴じ蓋だ。ちょうど釣り合いが取れていいじゃねぇですかなんていいやがった……」

磯吉は苦渋に満ちた笑みを浮かべている。

「そんな吟次が、おみつと息子の勝吉を殺したというのには、なにか心当たりがあるのかね？」

「ここにきて、おみつが、吟次に、もう家にこないでくれ。会いにきてもらっちゃ困るというようになったのさ」

「あんたが反対したからかい？」

「そうじゃねぇ。おみつが急にどうしてそんなことを言い出したのかわからねぇが、おそらく夜鷹だった自分が吟次と所帯を持ってもうまくいきっこねぇと思ったんだろうよ。だが、吟次はそう思わなかった。また、おれに反対されたと思ったにちげぇねぇ。それで、おれを苦しめてやろうと頭に血が上って、おみつと勝吉を殺したんだ……」

磯吉は悔しそうにそういうと、拳をぎゅっと握りしめた。

「吟次は今、どこに住んでいるのかね」

「田中稲荷《たなかいなり》近くの亀戸町《かめいどちょう》にある裏店だ。おみつと所帯を持たせてくれといいにきてからは、悪い仲間とは縁を切って、夜も明けきらぬうちからシジミ売り、陽が上がるとともに納豆売り、長屋に帰ってからは提灯《ちょうちん》張りや竹串作りなんかの内職をして金を貯めているっていってたが、本当だかどうだか……」

「会って話を訊いてみるとしよう。ところで、磯吉さんよ、葬式代にかかる金は遠慮なくいってくれ」

重蔵がそういって出ていこうとすると、

「六間堀の――」

磯吉が背中に声をかけてきた。

「なんだね」

重蔵が顔だけ向けて訊くと、

「おれとおめぇさん、同じ岡っ引きだったってぇのに、どうしてこうも違っちまったのかねぇ……」

と、磯吉は悲しい笑みを浮かべていい、

「すまねぇ、ありがとよ……」

と続けていって、鼻水をすすり上げた。

（本所の――おれとあんたに違いなんかないさ。おれは、岡っ引きになっちまったばっかりに女房のお仙を逆恨みで殺されちまった。そして、あんたは、女房に死なれたうえに、娘と孫まで殺された。岡っ引きってのは、本当に因果な商売だ。だがな、あんたの娘と孫の仇《かたき》、おれがきっと取ってやるから待っててくれ……)

五

「あら、あんた、お帰ぇんなさい。早かったのね」

戸を開けたとき、目の前で、お仙がいつものように穏やかな微笑《ほほえ》みを湛えていった。

(お仙、おめぇ、どうして……)

重蔵は呆然と立ちすくみ、お仙を見つめていた。

「おせ――」

重蔵が声を出し、お仙を抱きしめようと足を一歩前に出したときである。

「親分――」

突然、目の前のお仙が、小夜の顔に変わった。

「お、女将《おかみ》……」

重蔵はたじろいだ。

(磯吉と話をしている間に、どうかしちまったようだ……)

重蔵は苦笑いを浮かべ、吟次の長屋にいく前に昼飯を食おうと、小夜の居酒屋に向かっていたことを思い出した。

「親分、おふたりもきてるわよ」

戸口近くの客に、ざっくりと切った葱《ねぎ》と生のあさりを味噌で煮込んだのを炊いた白米の上にぶっかけた漁師飯、深川めしを運んでいた小夜が、にこっと笑顔を見せていった。

「うむ。そうかい……」

重蔵はそういったきり、重蔵たちの指定席のようになっている奥の小上がりにいる京之介と定吉のほうを見ることなく、小夜の顔を見ていた。

(お仙にちっとも似てないがなぁ……)

重蔵が胸の内でつぶやいていると、

「どうかしました?」

小夜が笑顔のまま、小首を傾げて重蔵を見ている。

「いや、なんでもない――」

とはいったものの、重蔵は思わず小夜の笑顔に見とれていた自分に戸惑っていた。

磯吉のあまりに不運な話を聞いたときから、胸に重い石を載せられたような息苦しさをずっと抱えていたのだが、小夜の屈託のない美しい笑顔を見たとたん、胸の重しがすっと取れた気がしたのだ。

「なにします？」

小夜が訊いた。

「え？」

「お腹、空いているんでしょ？」

小夜が近づいてきて、柳眉を少し上げながら、重蔵をじっと見つめて訊いた。

「あ、うむ。それと同じのをくれ」

重蔵は慌てて、さっき小夜が客の飯台に載せた深川めしを顎で指して、客たちが挨拶してくる声に応えながら、定吉と京之介のいる席へ向かった。

「おや、若旦那はどうした？」

定吉の隣に腰を下ろした重蔵が訊いた。さっきまで見えていたのに、いつの間にか消えていた。

「厠《かわや》にいきました。すぐに戻りますよ」

定吉は、深川めしをおいしそうにかき込みながらいった。

「定――」

重蔵が声を小さくしていった。

「なんですかい？」

定吉は、目だけ重蔵に向けて訊いた。

「おまえ、だれかいい女《ひと》いないのか？」

定吉は突然、はげしく咽《む》せて、口に入れた米粒を吐き出した。

「おい、大丈夫か」

重蔵は、定吉の背中をさすった。

「どうしたんですか、いきなり……」

ようやくおさまった定吉が訊いた。

「おまえも所帯を持っていい年だろ。だから、いい女がいたら、おれのことは気にしないで所帯を持ってもらいたいと思ってな」

重蔵は照れくささを隠していった。

「親分、おれがいなくなったら、だれがたつきを立てるんです？」

定吉が眉をひそめていった。

「そんなことは、どうとでもなるさ」

もし、定吉が所帯を持ったら、暮らしをどうするのか、重蔵はなにも考えていないのだった。

ただ、重蔵が岡っ引きを続けることで、下っ引きをするようになった定吉にもしものことがあったとしたら、重蔵はとても耐えられないと、磯吉の話を聞いて改めて思ったのだ。

「親分――」

食べかけだというのに、定吉は箸を置いて、真面目な顔をして重蔵に向き直った。

「なんだ？！」

重蔵は、少したじろいで訊いた。

「おれは、義兄《にい》さんが、姉さんの仇を取るまで、姉さんの代わりになって義兄さんを支えるんだって心に決めたんです。なのに、そんなことをいわれちゃ、おれの立つ瀬がないってもんですよ……」

義兄さん――定吉にそう呼ばれたのは、もう何年ぶりのことだろう。そして、そう呼んでくれた定吉は口惜しそうに顔を歪め、今にも泣き出しそうな顔をしている。

愚直なまでに重蔵を想うそんな定吉に、胸をぐさりとやられた気がした。

「定、つまらないことをいっちまってすまない。今、おれがいったことは忘れてくれ」

と、そこへ京之介が厠から戻り、小夜が重蔵に深川めしを運んできた。

「どうかしたのかい？」

京之介が腰を下ろして、重蔵と定吉の顔を見比べるようにして訊いた。

「まさか、いい年して兄弟げんか？」

飯台に深川めしを置きながら、小夜がからかい口調でいった。

と、定吉は、

「そうですよ」

と、そっぽを向いて答えた。

「え？　ほんとに?!」

小夜は目を丸くして驚いている。

「いったい何がもとで？」

京之介は、興味津々《しんしん》という顔をしている。

「兄弟げんかだなんて、そんなんじゃないんですよ。定、謝ったろ？　もう機嫌直してくれよ。もういっぱい、この深川めし、食うか？」

「いくらおれだって、深川めしを二杯も食えるわけないでしょ」

重蔵と定吉のやりとりは、幼い兄弟げんかのようで、つい京之介も小夜も、「ぷっ」と噴き出してしまうほど幼稚なものだった。

「ところで、親分、おみつには、常連の客がいたようだ」

京之介がいった。

「吟次って野郎です」

けろっと気分を直した定吉が続けていった。

「吟次?!」

重蔵は驚いた顔をしている。

「親分、吟次のことを掴んでいたんですかい?」

「うむ。吟次は、昔、おみつと所帯を持つ約束をしていた男だそうだ――」

重蔵は、おみつの父親である磯吉から聞いた話を定吉と京之介に語った。

「しかし、どうしておみつは急に吟次にもう会わないなんていったんでやすかね?」

「そういわれたからといって、おみつと息子の勝吉を大横川まで呼び出して、あんな殺し方をするものかな?」

京之介も首をひねっている。

「そこのところを吟次に会って、問い質《ただ》すつもりなんだが、朝から日が落ちるまで外に出て働いているらしいから、今、長屋にいってもいないだろうと思ってな。で、まずは腹ごしらえをしようと思って、ここにきたんだ」

重蔵はいいながら、小夜が運んできてくれた深川めしを口に入れている。

「あ、そうだ。大横川一帯に何日か前から、〝失せ人探し〟をしているってぇ奴が出没していたらしいですよ」

定吉がいった。

「ああ。それはおれも夜鷹の元締めから聞いたよ。だれを探していたのか、わかったかい？」

「いや、そこまでは……ただ、親分、おれは、その〝失せ人探し〟ってぇ、怪しい商売をしている奴を知っているんですよ」

「本当か？」

「湯屋の二階で将棋を指していたら、一緒にやらないかと誘われたらしいよ」

京之介が苦笑を浮かべていった。

「同じ奴かどうかははっきりしねぇんですが、そんな怪しいことを商売にしている奴は横のつながりがあるもんです。そいつに訊けば、わかると思いますよ」

「そうか。定、すぐに動いてくれ」

重蔵がいうと、

「ね、親分、おれは頼りになるでしょ？」

定吉は、いたずらっ子のような顔を見せていった。

「だから、おれが悪かったっていっただろ」

重蔵は苦笑している。

六

重蔵が、亀戸町の裏店に住む吟次を訪ねていったのは夕七ツ半だった。

「――なんですって?!……」

おみつと息子の勝吉が殺されたことを聞かされた吟次は呆然とした顔で、手に持っていた内職で作っている竹串をぽとりと床に落とした。

吟次の驚きようは、とても芝居しているようには見えない。

「吟次、おまえ、昨日の八ツ、どこでなにをしていた?」

重蔵が訊くと、

「親分、どうしてそんなことを?……まさか、おれを下手人じゃねぇかと思っているんですかい?」

吟次の顔立ちは決して悪くないが、これまでの世を拗ねた生き様の影がわずかに残っている。

「なんでも疑ってかかるのが、おれたちの稼業だ。悪く思わないでくれ」

「半月前から佐賀町の下ノ橋《しものはし》の修繕仕事で、もっこ担ぎをしていましたよ。信じられねぇってのなら、佐賀町の『八重屋《やえや》』って口入れ屋で調べてくだせぇ」

「そうかい。ところで、おまえ、おみつと所帯を持つつもりだったそうだな」

「へい……」

「だが、そもそもおまえは、おみつの父親の磯吉を怨んでいたんじゃないのかい？」

「おれが怨んでいたのは、たった一度賭場にいったおれを捕まえて、入れ墨者にした八丁堀の榎本勘九郎の旦那ですよ。おみつのおとっつぁんは、岡っ引きで榎本の旦那には逆らえなかっただけのことです」

「だが、その榎本の旦那も死んじまった。となれば、人間てのは代わりのだれかを怨みたくなるもんだ」

「へい。確かにおっしゃるとおりで。だから、四年ぶりに大横川で夜鷹になっていたおみつとばったり出会ったときは、おれを捨てたからそうなったんだ。ざまーみやがれの思いで抱いてやりましたよ。しかし、おみつの話を聞いているうちに、悪いのはだれでもねぇ。人を悪者にするのは、貧乏だってことが身に沁みてわかったんでさ

「……」

吟次の目には、うっすらと涙が浮かんでいる。

(悪いのはだれでもない。人を悪者にするのは貧乏か……ここにも〝真実の欠片〟があったな。おみつと勝吉を殺したのは、おそらく吟次じゃない……)

重蔵は、打ちひしがれている吟次を見ながら、そう確信していた。

「それで、おみつへの同情が愛情に変わって、今度こそおみつと所帯を持とうと思ったってぇわけかい」

「へい。勝吉のためにも、このままおみつを夜鷹なんかにさせてちゃいけねぇと思ったんでさ。母親が体を売って育てたなんてことを知ったら、まずまともな人間に育たねぇことは、悪い仲間とつるんでいたおれがよく知ってますからね」

「それで、おまえは、それまで付き合っていた悪い仲間とは縁を切って、朝から夜遅くまで働いて金を貯めることにしたってぇわけかい」

「金を貯めて、おみつと一緒に小さな小間物を扱う店を出して暮らしていこうと思いやしてね……」

「しかし、おまえは、おみつの常連でもあったそうじゃねぇか」

重蔵は、まだ吟次を完全に信じたわけではない。

「親分、おれが、大横川のおみつのところに通うようになったのは、他の男に抱かれるのが我慢ならねぇからで。へい……」

吟次は、照れくさそうな笑みを浮かべた。

「おまえは、自分のその気持ちをおみつに伝えたのかね」

「へい」

「おみつは、おまえのことをどう思っていたのかね」

「嫌いになって別れたわけじゃねぇ仲ですからね。おれが自分の気持ちを伝えると、おみつは、今度こそ信じていいのかって、涙ぐんで喜んでくれましたよ」

「だが、あとになって、おみつは突然、おまえさんともう会わない、所帯を持つという話もなかったことにしてくれと言い出したって、磯吉から聞いてるぜ?」

重蔵がいうと、吟次ははっと我に返った顔になって、

「そうなんですよ。おれがどうしてだっていくら訊いても、ともかくそうしてくれ、そうすることが勝吉のためになるんだからって、泣いて頼むんでさ」

と、がっくり肩を落とした。

「勝吉のため?」

「へい。勝吉のために別れなきゃならねぇってのは、いってぇどういうことなんだっ

て、いくら訊いても、これ以上のことはいえねぇの一点張りで……」

「そんなことを言い出したのは、いつからだね？」

「え〜と、三日前です。へい」

「三日前……」

重蔵は腕を組んで思案しはじめた。

（殺される二日前だ。おみつにいったい何が起きたっていうんだ？――ん？　殺された日は、おみつはわざわざ、勝吉を連れて大横川に出向いている。もちろん、体を売るためじゃない。そうだ。きっと、だれかと会う約束をしていたからだろう。そのだれかとはいったいだれだ？……そうか。おみつは、勝吉のために吟次に別れてくれといったんだ。ということは、大横川で会う約束をしていた相手は、おそらく勝吉に関わる人間だ。だが、たった四つの勝吉に関わる人間てのは、いったいだれだ？……）

いくら考えても、重蔵にはわからなかった。

と、そのときである。

「親分、いますかい？　定吉です」

突然、腰高障子の向こうから定吉が声をかけてきた。

それまで肩を落としていた吟次が、びくっと肩を震わせて顔を上げ、戸口に目を向けた。

「おう、入れ」

重蔵の声を受けて戸が開くと、定吉は見慣れない若い男を連れて土間に入ってきた。

「定、その人は……」

若い男に視線を向けて、上がり框《かまち》から腰を浮かせた重蔵が眉をひそめて訊くと、

「へい。こいつが、例の〝失せ人探し〟ってぇ商売をしている長助《ちょうすけ》って野郎です」

と、定吉は答えた。

「重蔵親分、長助っていいます。どうも、はじめやして」

どこか狐《きつね》を思わせる長助という若い男は、愛想笑いを浮かべている。

「おまえか、大横川で人探しをしていたというのは？」

重蔵は、懐から十手を取り出して、足元から顔へねめつけるように見ながら訊いた。

「へい。人に頼まれまして……」

長助は、きょろきょろと目を泳がせている。

「だれに、だれを探してくれと頼まれたんだね」

「あ～、いやぁ、それは……」

重蔵が、いえとばかりに、十手を突き出すと、

「へい。人探しを頼んできたのは、富久町《とみひさちょう》の小間物問屋、『駒田屋《こまだや》』の番頭さんで、七兵衛《しちべえ》という人です。上野仲町《なかちょう》の『糸屋《いとや》』という切見世で女郎をしていた〝お松〟という女とその息子を探して欲しいと……」

長助の言葉に重蔵は息を呑んだ。

「お松?! 今、お松っていったか?!」

重蔵は、長助に摑みかからんばかりの勢いで近づいていった。

おみつと同じ長屋に住み、夜に仕事をするときに息子の太吉をおみつに預けていた女の名も〝お松〟だ。

「へ、へい……大横川で夜鷹をしているようだってぇ噂を耳にしたもんで——」

長助は怯えきった顔をしている。

「それでどうした?!」

「み、見つけやしたよ」

「いつだ?!」

「え〜と、四日前です。へい……」

(四日前だと?!……おみつが、吟次に、もう会わない。所帯を持つという話もなかったことにしてくれといったのが、三日前……そして、おみつは昨日殺された。これは

偶然なんかじゃない）

重蔵は興奮を抑え込んで、

「長助、その夜鷹は、本当にお松だったのか？」

と、長助に訊いた。

確か、お松は、ここ数日夏風邪をこじらせて、仕事を休んで家で寝込んでいると聞いているのだ。

同じ〝お松〟なら話が合わない。

「へい。お松だと名乗った夜鷹に、おまえの死んだ亭主の名はなんていうんだって訊いたら、市太郎《いちたろう》だと。それに勘当されちまったけど、亭主の父親は、富久町の小間物屋『駒田屋』の主・市右衛門《いちえもん》だって……」

おみつとお松は、親しい間柄だったから、お松の過去を聞いていたとしてもおかしくはない。

「話を続けてくれ」

「へい。息子はいるかって訊いたら、四つになる息子がいるってんで、こりゃ、間違いねぇと思いましてね」

「それでどうした？」

「『駒田屋』の番頭がいうには、主の市右衛門は、跡取り息子だった市太郎が玄人女《くろうと》に入れあげて店の金を使い込んだことに腹を立てて十年前に勘当したが、その後に病死したことを噂で耳にしてから悔やみ続けている。特にこのところ、心ノ臓を患ってからというもの、自分の命はそう長くない。だから、もう死んでしまっているが、市太郎の血を引く孫に一目会いたいといっているってんです」

「ふむ——」

続けろ——重蔵は目でいっている。

「それで、『駒田屋』の主の市右衛門は番頭の七兵衛に、金に糸目はつけないから、亡き息子、市太郎の息子を探し出してくれと命じ、おれたち〝失せ人探し〟のところに話が持ち込まれたってぇわけです。で、お松を見つけることができたと知らせると、七兵衛は本当に市太郎の息子かどうかしっかり確かめてから旦那さまに会わせたいので、お松に手付金一両を払い、明日の八ツに大横川にきてくれといったんです。それでおれたちは、いわれたとおりにして、〝失せ人探し〟はそこで終わりってことになりました。へい」

（これは、お松という女に会って、いろいろ確かめなきゃならないな……）

重蔵は胸の内でそうつぶやき、

「わかった。もう帰っていいぜ」

といった。

「へ？」

長助は、きょとんとした顔をしている。

「おまえに、もう用はねぇってこったよ」

定吉が重蔵の代わりに、突き放すようにいった。

七

富久町で小間物問屋を営んでいる『駒田屋』の主で、心ノ臓を患い、三年前にお内儀を亡くした市右衛門は、店を三十七になる、後添えのお栄《えい》と番頭の七兵衛に任せ、ふた月ほど前から向島《むこうじま》の寮で療養していた。

その寮は桜餅で有名な長命寺《ちょうめいじ》の北側にあり、命がそう長くないと悟ったからこそ市右衛門は縁起のいい名の長命寺がすぐ近くにある場所で、療養したいといったのである。

だが、その市右衛門がいる寮に、町木戸が開いて間もない時刻にお栄と七兵衛が駆けつけてきた。

市右衛門の身の回りの世話をしていた女中の使いが、『駒田屋』に韋駄天走りでやってきて、今朝早くに市右衛門が息を引き取ったという知らせを受けたからである。

お栄と七兵衛が市右衛門の寝間にいくと、掛かりつけ医の正庵《しょうあん》が、すでに息を引き取り、顔を白い布で打ち覆いされた市右衛門の枕元近くに座っていた。

「旦那さま……」

お栄と七兵衛が声を揃えて、正庵の反対側の枕元に近づいて座り、すがりつくようにして涙声を出して号泣した。

「このたびは、ご愁傷さまでした。ご尊顔を拝しますか？」

正庵がそういいながら、打ち覆いの白い布に手をかけようとすると、

「いえ、結構でございます。気が落ち着いてから、拝ませてもらいますので……」

お栄は渋皮の剝けたいい女といえる顔立ちをしているが、どこか冷たい印象を受けるその顔を蒼白にしていった。

「そうですか。それでは、わたくしはこれにて失礼いたします」

正庵は、お栄と七兵衛に軽く会釈して立ち上がった。

すると、廊下に控えていた女中に七兵衛が、

「『駒田屋』にいって、奉公人たちに今日は店を閉めるようにいって、葬儀の準備をするように伝えてきなさい」

といった。

「やれやれ、これでひと安心だねぇ」

女中が玄関の戸を開け閉めした音を聞き、寮の中に七兵衛以外にだれもいないことを確認したお栄が足を崩していった。

白足袋と着物のめくれた裾から見える真っ白な足が、妙に艶めかしく、吸い寄せられるようにそこに目がいった七兵衛は、ごくりと喉を鳴らした。

「はい。ようやく枕を高くして眠れるというものですね、お内儀《かみ》さん」

七兵衛は、胸の中に湧き起こっている淫らな欲望を必死に抑えようと、お栄の見えている白い足から視線を外した。

「七兵衛、お内儀さんだなんて、もうそんな他人行儀な呼び方はしないで、お栄と呼んでおくれな」

そういいながら、お栄は七兵衛の抑え込もうとしている欲望に火をつけようとしているかのように、しなだれかかっていった。

「お、お内儀さん……」

七兵衛はそもそも気が小さいのだろう、身をよじるようにしてお栄の体から離れながら、本当に人がいないかどうか確かめるようにあたりに視線を走らせた。

「だれもいやしないよぉ」

そんな七兵衛をからかうようにお栄は流し目を送っていうと、

「七兵衛、これで『駒田屋』は、わたしとおまえのものだ。うふふ……」

体を離した七兵衛をお栄は追うように、いざって近づいていった。

市右衛門とお栄の間に子供はいない。そのうえ、市右衛門は心ノ臓を患っているため、夜の営みもなく、お栄は熟れた体を持て余していたのである。

そんなお栄が目をつけたのが、二年前に女房を亡くした番頭の七兵衛だった。四十になったばかりの七兵衛も性欲は旺盛だったが、番頭という手前、大っぴらに女郎屋通いはできない。

そんな七兵衛だったから、お栄の不貞の誘いに抗《あらが》うことなど到底できず、すぐにふたりは市右衛門や奉公人たちの目を盗んで男女の仲になったのだった。

そうとは知らず、市右衛門は七兵衛に市太郎の息子探しを頼んだのである。

そのことを知ったお栄は、少しのためらいもなく、お松と『駒田屋』の跡取りになるかもしれない太吉を探し出し、始末しろと七兵衛に命じたのだ。

「お内儀さん、声が大きいですよ……」

七兵衛は、口に人差し指を立てて、まだあたりに人けがないかびくびくしている。

「うふふ。おまえさんは、本当に気が小さいねぇ。そんな気の小さいおまえが、四つの子供を川に投げて、苫舟の中で女の首に荒縄をかけて絞め殺すなんて、よくできたもんだよ」

「お内儀さん、お願いです。そのことはもう口にしないでください。あのときのことを思い出すと、わたしは自分が恐ろしくなるんですから……」

と、七兵衛がいったときだった。

七兵衛の右手首がぎゅっと強く摑まれ、

「てめぇが、おれの娘と孫を殺しやがったのかっ」

と、地の底から化け物が叫んだような、恐ろしい響きを持った声が室内に響き渡り、顔に掛けられていた打ち覆いの白い布が剝ぎ取られた。

「ひっ!……お、おまえは、いったいだれ⁈」

お栄と七兵衛は思わず声を出し、目を見開いてみると、死んでいたのは市右衛門ではなく、見たこともない男だった。

あまりの驚きに動けずにいると、襖が勢いよく開いて、

「ようやく白状したな」

と、十手を手にした重蔵、京之介、定吉の三人が現れた。

この絵図は、もちろん重蔵がすべて考えたものである。

もともと心ノ臓の病を患っている市右衛門が急死したことを、寮で市右衛門の世話をしている女中を使ってお栄と七兵衛に知らせれば、ふたりはこれ幸いとやってきて気が緩み、自分たちのした悪事をきっと誇らしげに白状するだろうと重蔵は踏んだのだ。

もし、白状しなければ、〝失せ人探し〟を七兵衛から依頼された長助に、七兵衛の言動を白日の下に晒させ、七兵衛を大番屋にしょっ引けば、気の弱い七兵衛はすべてを白状するだろうということも考えてあった。

だが、そこまでせずとも、やはり深い関係になっていたお栄と七兵衛は気が緩み、まんまと白状したというわけである。

「お、親分、わたしは殺すつもりなんてなかったんです。しかし、お内儀さんにどうしても殺せと命じられて……」

七兵衛が必死の形相で言い逃れしようとすると、

「七兵衛、おまえ……」

お栄は口惜しそうに唇を強く噛んで、今にも千切れそうだ。

「この期に及んで仲間割れか、往生際が悪いにもほどがあるぜ……」

京之介が冷笑を浮かべながらいうと、

「それにな、おまえたちが殺したはずのお松さんと太吉は生きているんだよ。おっと、市右衛門さんもな！」

定吉が体をずらすと、その背後から、三十少し前のやつれてはいるが顔立ちのはっきりしたお松とお松によく似た太吉、それに市右衛門がお栄と七兵衛の前に出てきた。

「だ、旦那さま……」

お栄と七兵衛は愕然とした顔をしている。

市右衛門は鬼の形相でお栄と七兵衛を睨みつけ、怒りで体を震わせている。

「八丁堀の旦那、重蔵親分、こいつらを磔の刑にしてください。お願いです……」

市右衛門が声を上《うわ》ずらせながらいうと、

「旦那さま、どうかお許しを……」

と、七兵衛は手をすり合わせて頼み、

「旦那さま、わたしが悪ぅございました……」

お栄もまた涙ながらに手を合わせ、拝むようにして許しを請うた。

「ふたりとも、おとなしく縛《ばく》につけ！　本所の、しっかり頼んだぜ」

重蔵はそういうと、懐から取り出した捕り縄を磯吉のそばに投げた。

それを受け取った磯吉は、使い慣れた手つきで、あっという間にお栄と七兵衛に腰縄を打った。

「六間堀の――おかげで、おみつと勝吉の仇を取ることができた。ありがとよ。ほんとにありがとよ……」

というと、磯吉は、「うっ」と声を漏らし、苦しそうに顔を激しく歪めて両手で胸を押さえながら畳の上に倒れ込んだ。

「おい、本所の――大丈夫か？　しっかりしろ！」

重蔵が慌てて磯吉に駆け寄り、抱きかかえた。

だが、磯吉は息をするのがやっとで、ぜいぜいと息を吐きながら、

「おみつのやつ……お松さんになりすまして……勝吉を『駒田屋』の跡取りにしようと考えやがったんだな……そんな馬鹿な欲を出したばっかりに殺されて……まったく情けねぇったら、ないぜ……」

といった。

磯吉のいうとおり、五日前、夏風邪をこじらせたがために、〝おます〟という名で

やっていた夜鷹の仕事を休んだお松に代わって、おみつは大横川へ体を売りにいった。

そこへ〝失せ人探し〟の長助が、お松を探しにやってきたのだ。

そして、長助から、『駒田屋』の主が十年前に勘当した市太郎の息子を探していることを知ったおみつは、どす黒い欲と吟次との暮らしを天秤にかけたのである。

その結果、おみつは自分の命と自分の命より大切な勝吉の命も失うことになってしまったのだ。

重蔵の脳裏に、吟次が以前いった言葉が浮かんだ。

「本所の――おみつは悪くない。悪いのは、貧乏なんだ。貧乏が人を悪人にさせてしまうんだよ。だから、あの世に逝っても、おみつを責めちゃいけないぜ。せいぜいかわいい孫の勝吉を可愛がってやってくれ……」

胸に熱いものが込み上げてくるのを必死に堪えて重蔵がそういうと、

「六間堀の――あんたは本当に……江戸一番の岡っ引きだぜ……」

磯吉は顔にふっと笑みを浮かばせたかと思うと、目をゆっくりと閉じていき、そのまま帰らぬ人となった。

八

重蔵のもとにお栄と七兵衛に獄門の刑が下ったという知らせが届いた日の朝、定吉が廻り髪結いに出たのと入れ替わるように、吟次が重蔵の家にやってきた。

吟次は、『駒田屋』の主、市右衛門の口利きで、江戸で一、二を争う腕のいい根付師のもとで見習い職人として働くことができるようになっていた。

もちろん、陰で重蔵が市右衛門に働きかけたからである。その市右衛門も心ノ臓の病がすっかり治ったというわけではないが、お松の献身的な世話と息子の市太郎の血を引く孫の太吉と暮らせるようになったからだろう、以前より格段に元気になっている。

「よぉ、吟次、どうだい。仕事は楽しくやってるかい？」

「へい。おかげさまで」

「今日は、どうかしたかい？」

「へい。親分にお渡ししたいものがあって」

「なんだね？」

「これです。もし、気に入ったら、身につけてもらえないですか？」

そういって取り出したのは、人の顔を模した根付だった。

師匠に、はじめて作ってみろといわれて三日三晩徹夜して作った根付で、師匠に見てもらったらとても褒めてくれたものだという。

「うむ。こりゃ、確かに、なんともいえない味わい深い顔の根付だ。お師匠さんも褒めるはずだぜ」

重蔵は手にした、吟次がはじめて作ったという人の顔を模した根付を宙に浮かべて、じっくり見つめていった。

その人の顔を模した根付は、見る角度によって、仏のような優しい顔に見えたり、また別の角度から見ると、なんとも厳しい怖い顔にも見えるのだった。

「これは、親分の顔を思い描きながら作ったもんなんです。身につけてもらえますか？」

そういう吟次の顔には、世を拗ねて生きてきた影はもう微塵もなかった。

「こんないい根付、おれが身につけるなんてもったいない気がするぜ」

「とんでもない。親分に受け取ってもらおうと、一生懸命に作ったんです。気に入ってくれたのなら、ぜひ、身につけてください」

「そうかい。そこまでいってくれるなら、有難くいただくよ」

「ありがとうございます。親分、おれ、これから師匠のところにいかなきゃならないんで、今日はこれで。また、寄らせてもらっていいですか？」

「ああ。もちろんだ」

「それじゃ――」

玄関から出ていこうとする吟次の背中は、以前よりひと回りもふた回りも大きくなっているように重蔵には思えた。

「なぁ、吟次――」

「はい。なんでしょう？」

吟次は振り返った。

「おれは学がないから、だれがいったのか覚えちゃいないんだが、人は前を向いて歩く生き物だそうだ。どうしてだか、わかるかい？」

吟次は少し考えていたが、参ったとばかりに首を振った。

「うしろ向きじゃ歩きにくいからだってよ」

重蔵が笑みを浮かべていうと、

「あ、はは。あははは。親分、確かにそのとおりだ。うん。親分、おれ、これからもうしろは振り返らず、前だけ向いて歩いていきます」

吟次は、最後の言葉をいうころには、きりっとしたいい顔つきになっていた。

「うむ。じゃあな」

「はい。失礼します」

吟次は、深々と頭を下げて重蔵の家を出ていった。

(吟次、おまえの人生はこれからだ。そして、おまえなら、江戸一番の、いや日本一《ひのもといち》の根付師にきっとなれる。おれは、そう信じているぜ)

重蔵は胸の内でそうつぶやきながら、吟次が作ってくれた人の顔を模した根付を改めて満足そうに見つめていた。

第四話　兄弟

一

夏の暑さがぶり返してきそうなその日の朝、重蔵の家に珍しい客がきていた。

重蔵の亡くなった母親の一番下の妹で、年は重蔵より四つ上のおちかという叔母《おば》である。

「重蔵、あんた、どう思う？　万吉《まんきち》は長男だというのに、うちの人の七回忌の法事、末っ子の佐平《さへい》に仕切らせなさいなんて言い出したんだよ」

おちかは、あきれてものがいえないという顔を拵《こしら》えながら、深いため息をついていった。定吉は朝から廻り髪結いの仕事で外に出ていて、家には重蔵しかいない。

おちかは五十手前だが、年より幾分若く見え、娘時分はさぞかし器量良しといわれただろうと知れるほど、目鼻立ちが整っている。

「おちかさん、それは仕方がないだろう。万吉は、『小倉屋《おぐらや》』さんの婿養子《むこ》なんだし。これまでよくやってくれたと思わなくちゃ、いけないんじゃないのかい」

久しぶりに顔を見せてくれた叔母のおちかに、重蔵は穏やかな笑みを浮かべて応じた。

小さいころから重蔵の家によく遊びにきていたおちかは、叔母であることには違いないが、重蔵と年が近くて遊び相手でもあったから、重蔵は「叔母さん」と呼んだことはなく、子供のころは「おちかちゃん」と呼び、長じてからは「おちかさん」と呼ぶようになっている。

「そうはいうけど、万吉は、婿に入ったとはいえ長男なんだからねぇ。だいたい、あの子の今があるのは、うちの人のおかげなんだよ。本当に恩知らずな子だよぉ」

おちかが、長男で三十四になる万吉への不満を口にするのは、なにも今にはじまったことではない。万吉が万年町一丁目にある小間物屋の大店《おおだな》、『小倉屋』のひとり娘お凜《りん》の婿になったときからだから、もうかれこれ十年にもなろうか。

万吉が『小倉屋』の主《あるじ》になれたのは、先代の主である長兵衛《ちょうべえ》に商人としての才覚を認められたからでも、ひとり娘のお凜《りん》に見初められたからでもない。

万吉の父、伊作《いさく》が『小倉屋』の番頭をしていて、病で伏せるようになっていた長兵衛に、息子の万吉をお凜さんの婿にしてはどうかと持ちかけたからと聞いている。

命がそう長くないと悟っていた長兵衛は、厚い信頼を寄せている番頭の息子であるし、生きているうちにひとり娘のお凜の花嫁姿を見たいという強い想いもあって、伊作の申し出を受け入れたというのが本当のところのようなのである。

しかし、長兵衛のお内儀のおりきも、ひとり娘のお凜もその話に当初は乗り気ではなかったという。

おりきは、生え抜きの番頭の息子を婿に取れば長兵衛亡きあと、伊作親子に店を乗っ取られはしまいかと気を揉んでいたようだというのである。

それというのも、番頭の伊作には年の離れた弟が四人おり、それぞれ飾り師、鏡師、根付師、鼈甲師の親方をやっていて、彼らから店に置く品物のほとんどを仕入れている。そのうえ、息子まで婿に入るとなれば、『小倉屋』は完全に伊作の身内で固められることになるからだというのだ。

かたや、小さいときから蝶よ花よと育てられた娘のお凜はわがままで気位が高く、『小倉屋』をしのぐ大店の次男坊あたりを婿に取る腹積もりでいたらしかった。

内々に婿入りの話が決まり、瀬戸物屋の手代から『小倉屋』に番頭見習いとして働くようになった万吉は、病に伏せる長兵衛にも、店を乗っ取られるのではないかと気が気ではなかったおりきにも如才なく接した。

そして、肝心のお凛には殊更やさしくし、お凛のどんなわがままもにこにこと笑って受け入れる度量の広さを見せた。

万吉は頭が切れるというほどではないものの実直で、見た目もおちかにそっくりのなかなかの優男《やさおとこ》だったこともあり、おりきもお凛も次第に婿は万吉で手を打つという方向に傾いていった。おりきとお凛の腹の内を見抜いていた伊作のいいつけを万吉が忠実に守ったおかげだった。

こうして伊作の思惑どおり、万吉はお凛と祝言を挙げることとなったというわけである。

その三月《みつき》後、長兵衛は念願だったひとり娘の花嫁姿を見ることができて安心したのか、この世を去った。

そしてまた、おりきもその一年後、たちの悪い流行《はや》り風邪をこじらせて、長兵衛の後を追うようにあっけなく逝ったのだった。

となれば、『小倉屋』は番頭の伊作と万吉の思うがままである――と思いきやそうはならなかった。

万吉のお内儀になったお凜が、店の品揃えにあれやこれやと口を出すようになり、ついには伊作の弟たちの品物を減らして、別の職人たちからも仕入れようと言い出したのである。

男五人兄弟の長男として生まれた伊作は、『小倉屋』に奉公に上がったときから、自分が番頭になるときまでに、四人の弟たちを『小倉屋』に品物を納めることができる腕のいい職人に育てようと考えていたという。そうなれば、弟たちは一生食うに困らぬ暮らしができるからだ。

そして、『小倉屋』と取引のある職人の親方たちと親しくなると、伊作は職種の違うそれぞれの親方たちの中から特に腕のいい親方たちを選んで、弟たちを弟子入りさせてくれと懇願し、ついに弟たちを一人前の職人にするという長年の念願が叶ったのだった。

であるのに、お凜のいうとおりにされては、弟たちに対して伊作の顔は丸潰れどころか、四人の弟たちは干上がってしまう。

当然のことながら、伊作は息子であり『小倉屋』の主におさまった万吉に、お凜が店のことには口を出さぬようにしてくれといいつけたのだが、あろうことか万吉は「叔父貴《おじき》たちの作るものは古い」と言い捨てたばかりか、挙句の果ては伊作に隠居するよう言い渡したのである。

「情けない。万吉のやつ、今あるのはだれのおかげだと思っているんだ。ぜんぶ、このあたしがお膳立てしてやったからじゃないか……」

追い出されるように店を辞めさせられた伊作は、下戸《げこ》だったにもかかわらず、朝から酒を飲み、酔っては万吉を呪う言葉を繰り返すようになった。

そんな荒《すさ》んだ日々が祟《たた》ったのだろう、伊作は七年前に肝ノ臓をやられてこの世を去ったのだった。

「うちの人が早死にしたのは、万吉とあのお凜のせいだ。だから、あたしははなからあんなところに婿に入ることに反対したんだ」

万吉が『小倉屋』の婿に入ることが本決まりとなり、周囲のだれもがめでたいという中で、唯一異を唱えたのは、確かにおちかただひとりだった。

おちかは、初子の万吉に異常と思われるほどの愛情を注いで育てた。

万吉も万吉で、そんなおちかの気持ちに応えるかのように母親想いの孝行息子に育ってくれた。ところがお凜の婿になったとたん、万吉は人が変わってしまった――おちかにとって、お凜は万吉を自分から奪ったこの上ない憎い女なのである。

「おちかさん、今更そんなことといったってはじまらんでしょう」

同じ話を何度も聞いている重蔵は、呆れた笑いを浮かべていった。

「そりゃそうだけど――それにしてもなんだって、万吉はお凜なんかのいいなりになってしまったんだろう。あたしは、悔しいやら情けないやら……」

重蔵がやさしい口調で諫めても、おちかが万吉への恨み節をやめようとはしないのも、いつものことである。

「おちかさん、だって、確かあれでしょう？　万吉は心底、お凜さんに惚れて婿入りしたんじゃなかったですかい？」

諳んじることができるほど聞いている話に飽きている重蔵は、気付かれないようにあくびを嚙み殺していった。

「そうなんだけれどね……それにしても、いったいお凜のどこがいいのかねえ。器量良し器量良しって、みんないうけど、あたしからみれば人並みで、胸が大きいだけのわがまま女にしか見えないけどねえ」

おちかは、孫が三人いるこの年になっても、自分の器量に対する自信はいささかも揺るがず、五十を控えたこの年になっても息子の嫁に、女としての悋気からくる敵意を剝き出しにしている。

「おちかさん、息子の嫁になった人をそんなふうにいわないほうがいいと思うがねぇ。

そういえば一緒に住んでいる一番下の佐平夫婦はどうしてますかい?」

「それが、佐平の商いもあまりうまくいっていなくてね。そのうえ、嫁のおしずも体が弱くて、いつも横になってばかりでさぁ」

おちかは、お凜だけでなく、佐平の女房のおしずのことも内心では満足してはいないようなのだ。男の子の母親というものは、息子の嫁がどんなにいい女であっても気に入らないものだとはよく聞く話だが、重蔵には女親のそうした気持ちがどうにも理解できない。

(そうか。やはり、佐平は商いがうまくいっていないのか……)

重蔵は少し前、行商をしている佐平と道でばったり会った。そのとき、佐平がひどく疲れた顔をしているのが気になり、茶店に誘って休ませたのだが、そのときも父親の七回忌のことで頭を悩ませていると話していたことを思い出した。

二

重蔵に促されて入った茶店で佐平は、母親のおちかの万吉とお凜に対する愚痴はいつものことだから、もうすっかり慣れっこにはなっているが、ひと月後の七月十五日に迫っている七回忌が近づくにつれて、それがひどくなってきていることに閉口しているといっていた。

だが、佐平はそのことをおちかにいえないでいるという。

というのも、佐平はおちかに弱味があるのだった。父親の伊作が隠居金で買った森下町のしもた家を、伊作が死んだのを機に改築して小間物屋をはじめようと決めた際、おちかに資金を出してもらっているからである。

「おとっつぁんの七回忌の宴席は、料理屋でやるほど余裕はないからうちでするとして、出す料理は弥助《やすけ》兄さんに頼もうかと考えているんですが、弥助兄さんはおれのいうことには耳を貸してくれないと思うんです。だけど、弥助兄さんは親分には昔迷惑かけているし、頭が上がらないはずですから、親分から今いったことを話してもらえないでしょうか？」

佐平は、ほとほと疲れたという顔で重蔵に頼み込んだ。

万吉より六つ下の佐平には、もうひとり四つ上で渡りの板前をしている弥助という兄がいるのだが、長男の万吉ほどの付き合いはなくなっている。

もっとも末っ子の佐平は、長男の万吉のことを慕って付き合っているわけでもない。

佐平が扱う小間物のほとんどは、大店の『小倉屋』から安く分けてもらっているという商い上の関わりのほうが大きいのだ。

しかし、最近になって佐平は小間物屋をはじめたことを後悔しはじめているといった。

そもそも呉服屋の手代をしていた佐平が小間物屋をはじめたのは実は、万吉の強い勧めがあったからなのである。

『小倉屋』の品物を安く分けるし、支払いもとやかくいわないからという万吉の口車に乗って店を出したのだが、いい品物を安く分けてくれていたのは最初の二、三年だけで、ここ最近は売れ行きの悪いものばかり押し付けるようになっているのだというのである。

つまりは、佐平の店は『小倉屋』の在庫になりそうなものを一手に引き受けてくれる、万吉にとってはなんとも都合のいい卸し先らしいのである。

であるのに、万吉は母親のおちかの面倒を見てくれているから格段に安く品物を分けているのだと恩着せがましいことをいっては威張り、売れないのは佐平が商いの労を惜しんでいるからだと説教までするらしい。

かといって、佐平はかつかつの暮らしを強いられ、自分で他から良い品物を仕入れる余裕も才覚もないし、もともと気が弱い上に末の弟ということもあって、長男の万吉に文句のひとつもいえないでいる。

だから佐平は、店は女房のおしずに任せることにして、自分は毎日重い荷を背負って町中の家々を回って売り歩いているというのだ。

しかし、いくら足を棒にして売り歩いても人気のない品物ばかりであるから捌くことができないと嘆いた。どうりで、疲れきった顔をしているはずだと重蔵は得心《とくしん》したのだった。

「親分、このところ、わたしは好き勝手な暮らしをしている弥助兄さんがうらやましくて仕方がないですよ」

と、佐平は寂しい笑みを浮かべていった。

弥助はもう三十二になったというのに所帯も持たず、雇われ先でなにか気に食わないことがあれば喧嘩してすぐに店を辞めてしまう短気な性格だ。それでも板前としての腕があるから仕事に困ることはない、というのが弥助の口癖だった。

「そういえば、弥助は、去年の法事にも顔を見せなかったな。今はどこの店で働いているのか、知ってるかい？」

重蔵が訊くと、

「働き先は知りませんけど、住まいは今も六間堀の北ノ橋《きたのはし》を渡ったところにある嘉次《かじ》郎長屋《ろうながや》のはずですよ。引っ越したという知らせもないですから」

「そうかい。じゃ、近いうちに弥助のところにいって、今、おまえさんがいったことを伝えてこよう」

実は三人の甥《おい》っ子の中で、弥助がもっとも気がかりな奴だった。一本気過ぎて、世渡りが下手《へた》なのだ。しかし重蔵は、そんな若いときの自分に似ている弥助が可愛くもあるのだ。

「それは助かります。親分、どうかよろしく頼みます」

佐平は、ほっとしたのか、ようやく顔をほころばせたのだった。

三

弥助の部屋は、日中からずっと戸口を締めきっているために、熱い空気が部屋じゅうに淀んでいた。

「こう暑くっちゃ、かなわねぇな」

弥助は、夜具から素っ裸のまま立ち上がって窓の障子を開けてみたが、風が入ってくる気配はまるでなかった。

「おまえさん、閉めておくれよ。外から見えちまうじゃないのさぁ」

夜具の上で汗ばんだ裸体を晒したまま、ちり紙で股を拭っているおゆきが甘えた鼻声を出していった。

ついさっきまで、弥助とおゆきは互いの体を激しく貪《むさぼ》っていたのだ。

二十四になるおゆきはほっそりとした体をしているが、胸はほどよく盛り上がり、腰はくびれて、尻は肉づきがよく大きい。

弥助が体を重ねると、おゆきは奔放に肢体をくねらせて、それだけが楽しみのような乱れ方をする。一緒に暮らすようになって半年になるが、弥助はおゆきの体に飽きることはなかった。

「おめえ、そろそろ店にいく時刻だろ」

七ツ半近くになっているはずだった。

おゆきは、両国《りょうごく》広小路にある『吉野《よしの》』という料理茶屋で働いている。

「わかってるわよ。だから、窓閉めてよ」

すねたような顔をしておゆきがいった。

「いちいちうるせぇなあ。わかったよ」

おゆきは裸のまま立ち上がって藍染《あいぞめ》の浴衣《ゆかた》を着ると、慣れた手つきで乱れた髷《まげ》を直し、化粧にとりかかった。

色白で鼻筋が通り、眼は黒目がちのその細面に薄く化粧をし、ぷくんと厚い唇に濃い口紅を塗っているおゆきの横顔を、弥助は手拭で汗を拭きながらぼんやり見つめた。

（こうして見ると確かに、似てるといやぁ似てるか……）

弥助は苦笑いを浮かべて、ごろんと夜具の上に横になった。

「じゃあ、あたし、いってくるね」

さっき弥助が閉めた窓の障子を開け、結んだ帯に乱れがないか確かめながら、おゆきがいった。

「ああ。気ぃつけてな」

茶の間に続く襖を開けて土間に下りていく、おゆきの大きくて形のいい尻を見ながら、弥助は複雑な思いにかられていた。

弥助がおゆきと会うことになったのは、兄の万吉から頼まれたからだった。

半年前、万吉は深川の商家の旦那衆の寄り合いで、おゆきが働く『吉野』にいった。そのとき、万吉がおゆきを見初《みそ》めて、何度か通っているうちに深い関係を持つようになったのだが、その口説き文句がいけなかった。万吉は、お内儀のお凜が重い病に臥せっているのだといったのである。

小間物屋の大店、『小倉屋』の旦那である万吉本人からお内儀が重い病に臥せっていると聞けば、やがて後添えに入れるかもしれないと、おゆきが期待するのも無理もないことだ。

しかし、万吉にいわせると、お凜が二人目の子を身籠ったのを、おゆきが勝手に重い病だと思い込んだのだというのである。それを聞いた弥助は、下手な落とし噺《ばなし》じゃあるまいしとせせら笑った。

だが、万吉にすれば笑い話では済まされない続きがあった。

万吉の嘘が知れてしまうとおゆきは、

「あたしは怖い人をたくさん知っている。お内儀さんと別れてくれなければ、その人たちをつれて店にいって大騒ぎしてやる」

と、泣き叫んだのだというのである。

慌てた万吉は、なんとか金でかたをつけようとしたのだが、それがかえっておゆきの怒りを買ってしまった。

料理茶屋の女なら金さえ出せば、だれともすぐに関係を持つと思っているのだろうが、自分は春をひさいだことなど一度もなく、惚れた男にしか体を許さない。それをたかが入り婿の万吉に騙されたうえに見下されたとあっては女が廃《すた》る！　と、啖呵《たんか》を切って泣き喚いたというのだ。

ただでさえ、お凜の尻の下に敷かれている万吉である。

浮気をしたことが知れれば、あの気が強くて気位の高いお凜のことだ。三行半《みくだりはん》を突き出しかねない。それだけは、なんとしてでも避けなければならない——追い詰められて困り果てた万吉は、顔面蒼白になって弟の弥助に、なんとか助けてくれと頼み込んできたのだった。

弥助は気の荒い板前をしており、女遊びに通じていて、万吉には縁のないやくざ者たちにも顔が利くはずだと、万吉は踏んだのである。

実際、弥助は一度刃傷沙汰を起こして、従兄弟《いとこ》で深川一帯を仕切っている岡っ引きの重蔵の世話になったことがある。

それ以来、弥助は、親兄弟はもちろん親戚中からも厄介者扱いされていた。

青ざめて助けを求めてきた万吉の顔を見たとき、弥助は腹の中で嘲笑《あざわら》った。

(ざまぁねえなあ……)

小さいときから弥助は、容姿から頭のでき、喧嘩にいたるまで兄の万吉には遠く及ばず、いつも親にも周囲にも万吉と比べられて馬鹿にされてきたのだった。

長じて万吉は大店の主という成功を収める一方、弥吉は従兄弟の岡っ引き、重蔵親分に面倒をかけてしまったしがない渡りの板前なのだ。そんな自分に万吉が頭を下げにきたのを見て、弥助はくすぐったいような、してやったりというような奇妙な喜びを感じていた。

「十両も用意してくれりゃ、その女と話をつけてやるよ」

弥助がいうと、万吉は目を剝いた。

（ちょいと、吹っかけすぎたか……）

弥助は胸の内でそう思ったが、

「本当にそれだけでいいのか？」

と、万吉は顔を明るくさせていった。

「あ、ああ……」

どうやら万吉は、もっと金がかかると思っていたようだ。弥助はしくじったと思ったが、たかが浮気したくらいでさらに吹っかけるのは、いくらなんでも万吉が気の毒な気がして十両で手を打つことにした。

万吉が用意した十両の金を手にした弥助は、二日後の夜すぐに、おゆきが働く両国広小路にある『吉野』にいった。

『吉野』には五人の女が働いていた。五人とも器量良しだったが、おゆきは万吉が見初めただけあって群を抜いて目立つ女だった。

弥助はおゆきを呼んで、小倉屋万吉のことで話があるから店が終わったあとで、すぐ近くの料理屋『鶴乃《つるの》』の座敷にきてくれと告げた。

やがて強張った面持ちでやってきたおゆきに、

「『小倉屋』の旦那がおめえさんに嘘をついたのは確かにいけねえが、おめえさんも嘘をついちゃいけねえぜ」

と、弥助はおゆきに万吉の弟だということを伏せ、万吉の世話になった知り合いの者として会った。

「あたしが嘘をついたってどういうことさ」

やくざ者を気取って片足を立てて盃を持っている弥助を、おゆきはきっと睨みつけていった。

弥助はおゆきの視線を受けたまま、盃をあおると声を落として、

「ほお、じゃあいってやろう。おまえさん、やれ自分にゃ怖い人たちがついているだの、惚れた男にしか体を許さねえだのと啖呵を切ったらしいが、よくぞいえたもんだぜ。こっちはすべて調べはついてるんだ。それでもまだがたがたいう気なら、こっちも黙っちゃいねえぜ」

と、凄んでみせた。

おゆきが働いている『吉野』には顔見知りの板前がいて、その板前から弥助はおゆきがどういう女か訊き出していた。

おゆきは確かに金さえ出せば誰彼となく寝る女ではなく、春をひさぐのは自分の好みの男に言い寄られたときだけだという。まして、うしろにやくざ者などついてないどころか、料理茶屋勤めの女にしてはひどくまっとうなほうだということだった。

おゆきは、悔しそうに唇を噛んで黙り込んだ。

「ま、これで手を打って、『小倉屋』の旦那のことは早く忘れるこったな」

弥助はおゆきの前に五両を差し出して、頭の中では、あとの五両は手間賃としていただくか、おゆきが愚図《ぐず》るようなら、もう少し上乗せしなきゃならないかもしれないと考えを巡らせていた。

おゆきは、無言のまま弥助が置いた金に目を落としていたが、しばらくすると、

「情けない……」

と、ぽつりといった。

「あん？」

弥助が訊き返すと、顔を上げたおゆきの目からひと筋の涙が伝わっていた。

「なにも泣くこたぁねえだろ。何度抱かれたかしらねぇが、これだけの金を出してもらえりゃ御の字だろうが」

「そうじゃないっ。馬鹿な夢を見た自分が情けないんだっ。あたしみたいな女が、もしかしたら大店の小間物屋のお内儀になれるかもしれないなんて思ってしまった自分が惨めで情けないんだっ……」

おゆきは、そういって手で涙を拭った。

（――勝ち気だが、そう性悪な女じゃなさそうだ……）

ことのほか簡単に話がついてしまい、弥助は拍子抜けしてしまった。

「まあ、ほんの短ぇ間だったが、いい夢を見られたと思ってあきらめな」

弥助は、銚子を差し出してやった。

おゆきは、盃で受けると、やけになったようにひと息に飲み干した。

「じゃ、おれは帰ぇるぜ。まだ酒も肴も残ってる。飲んでいくもよし、帰るもよし。好きにしな」

弥助は、ひとりで店を出た。

そして翌日、万吉のもとにいき、近くの料理茶屋で、おゆきと話はつけたと伝えると、万吉はほっと胸を撫で下ろした。

「しかしよぉ、堅物の兄貴が、なんだって料理茶屋の女なんかに手ぇ出したんだ？」

弥助にすれば、万吉には好きに使える金がたんまりあるのだろうから、女遊びをするのなら、吉原にでもいけばいいものをと思うのだ。

すると、万吉はしっと人差し指を口に立てると、あたりを見回して、

「だからいったろ。お凜が身重で、つい魔が差したのさ」

と小声でいった。

「ま、確かに、あのおゆきって女はいい女だが、料理茶屋の女はまったくの玄人《くろうと》じゃねえから、面倒が起きることとくれぇわかりそうなもんじゃねぇか」

「だから、魔が差したといってるだろ」

万吉は不快そうに顔を歪めた。

「本当にそれだけか？　あのおゆきって女、どうもおれはどっかで見たような気がしてならねえんだが……」

弥助が、おゆきの顔を思い浮かべて顎をさすりながらいうと、

「やっぱり、おまえもそう思ったかい？」

と、万吉が驚いた顔でいった。

「兄貴もそう思っていたのか？」

「ああ」

「おれたちの知ってる女か？」

万吉は、ふうっと小さく息を吐くと、ばつの悪そうな顔をして、さっきよりさらに小声でいった。

「おっかさんさ……」

（？——あっ……）

弥助は、小さく目を開いた。

いわれてみると、そんな気もしなくはない。むろん、おちかの娘時分の顔をふたりとも見たことはないのだが、おちかの顔を思い浮かべて若いころを想像すると、おゆきの面影がかぶってくる。

目の前にいる万吉は、おちかの生き写しだから、弥助はなおさら奇妙な気持ちに囚われた。

「むろん、ナニをしているときは、そんなことなんか露ほども思わないけれども、どうかした拍子の顔が似ているときがあるんだ……」

「へへ。そういやぁ、兄貴、義姉さんもおっかさんに似ているぜ。顔はそうでもねぇが、わがままなところがそっくりだ」

弥助は、本気半分冗談半分でからかったつもりでいったのだが、

「ああ。男はいくつになっても、どこか女親を求めるものだっていうからな。だからなのさ。わたしが叔父たちからの仕入れを減らしたのは――」

話が思わぬ方向に流れた。

「――いってることがわからねえな」

「弥助、おまえも、忘れちゃいないだろ。わたしたちがまだ小さいころ、おっかさんは親父の親や弟たち夫婦に、ずいぶん泣かされてたじゃないか」

弥助は、万吉にそういわれてようやく思い出した。

年の離れた姉は嫁にいき、生まれてすぐに父親も亡くしているおちかは、母親とふたり暮らしをしていたと聞かされていた。

そんなおちかが呉服屋に女中奉公に出るようになると、その器量の良さからいい縁談があちらこちらから持ち込まれたのだが、おちかは母親と一緒に暮らしてくれない人とは所帯を持つ気はないと言い張った。

尻込みする男たちばかりの中、やたらと熱心に口説き続けたのが伊作だった。

しかし、伊作は男兄弟ばかり五人の長男で、伊作の親や弟たちは猛反対した。

それを押し切って伊作は、おちかとおちかの母親の面倒を見ると約束して所帯を持

ったのだという。

だが、所帯を持った直後から、伊作の親と弟たちのおちかいじめがはじまった。

伊作が『小倉屋』に勤めに出ると、桶職人だった伊作の父親は朝から酒に酔っては、おちかとおちかの母親のもとにやってきて大暴れしたし、伊作の母親と職人見習いの弟たちはことあるごとに金を無心にきては嫌味《いやみ》を言い続けた。

おちかは何度離縁して欲しいと、伊作に訴えたことか知れない。だが、おちかに惚れ抜いていた伊作は離縁に承知せず、かといって自分の親兄弟に文句をいうことなく、ひたすらおちかとおちかの母親に堪えてくれと懇願するばかりだった。

やがて、伊作の両親が死んで風当たりが弱まったのも束の間、今度は伊作の弟たちがそれぞれ所帯を持ち、その嫁たちまでおちかに嫌味をいうようになった。

そのころになると、伊作は『小倉屋』の番頭に上り詰め、いっぱしの親方職人になった弟たちが作る品物を店に納めさせることで弟夫婦たちに睨みを利かせるようになったのだが、陰でおちかの悪口を言い続けたと、おちかは息子たちに事あるごとに恨み節を聞かせて育てたのである。

「兄貴が叔父貴たちの品物の扱いを減らしたのは、おっかさんをいじめた報いってわけかい。へへ、そりゃかっこ良すぎらぁ。おれは叔父貴たちにそうさせたのは、義姉さんだって親父から聞いたぜ」

弥助は鼻で笑った。

「わたしから切り出したんじゃ、親父の面子《めんつ》が丸潰れだから、お凜にいわせたのさ。もっとも叔父貴たちの作る品物を少なくしたのは、お人好しの親父が他の職人より高い値で仕入れるから儲けが少ないということがあったからだがな」

「しかし、なにも親父まで店から追い出すことはなかったんじゃねえのか？　親父は息を引き取る間際《まぎわ》まで兄貴を恨んでたぜ」

「それが悲しいよ。わたしは親父に、のんびり余生を楽しんで欲しくて隠居してもらったんだ。だから隠居金だって、十分過ぎるほど出したというのにな」

万吉は、忌々しそうに吐き捨てるようにいった。

「兄貴、今いった兄貴の気持ちもまんざら嘘でもねぇだろうよ。だがよ、惚れた義姉さんに頭が上がらねえのは我慢もできるが、いつまでも親父に居座られて威張り続けられたんじゃ、たまったもんじゃねえってのが本当のところだったんだろ？」

弥助は薄笑いを浮かべていった。

「おまえ、このわたしに喧嘩売ろうってのかいっ」

万吉は気色ばんで声をあげた。

水茶屋にいる他の客たちが、何事かといっせいにふたりを見た。

「兄貴、見ろよ、客たちがびっくりしてるじゃねえか。おれはなにも喧嘩を売ろうってんじゃねえよ。おれぐれぇには本心さらしてもいいんじゃねえかっていってるんだ」

弥助が万吉に、これほど勝ち誇って胸の内に思っていたことをいったのは、生まれてこのかたはじめてだった。おゆきのことを片付けてやったのだという思いが、弥助を強気にさせていたのである。

が、すぐに立場は逆転した。

「弥助、おまえ、わたしの弱味を握ったつもりでいるなら、とんだ大間違いだぞ」

万吉は上気した顔で握った手をわなわなと震わせている。

「ほぉ、どう大間違いなんだ？」

弥助が強気を崩さないでいると、万吉は頰をひくひくさせながら、片方の口の端を吊り上げて、

「今度のことをお凜にでもおっかさんにでもいいたきゃいえばいい。だがな、半端者のおまえのいうことなんぞ、だれが信用するものか。わたしは、おまえみたいな遊び人と違って忙しいんだ。弥助、今日限り、わたしの前に顔を出さないどくれ。いい

な」

　そういって、万吉は肩を怒らせながら水茶屋から足早に出ていった。

　ついさっきまで勝ち誇った気分でいた弥助だったが、万吉にそういわれると返す言葉がなかった。

（くそっ、人に面倒なことを押し付けといて、事が片付けばこれかい。確かに、おれのいうことなんざ、だれも信じねえだろうよ。ちくしょう。兄貴は、はなからそれをお見通しで、おれのところに頼みにきやがったんだな。そんなことも見抜けねえで、ほいほい引き受けたおれのほうが、ざまぁねえな。まったく、情けねえ……）

　そう胸の内で毒づいたとたん、弥助の頭の中に不意に、

（情けない……）

　昨夜、同じ言葉を吐いたおゆきの顔が浮かんできて、なかなか消えてくれなかった。

　水茶屋を後にした弥助は、両国広小路に足を向けた。

　そして、矢場で遊んだりしながら暇を潰して日が落ちるのを待つと、おゆきの店にいった。

　どうしていこうと思ったのか、自分でもよくわからない。もしかすると、万吉にいいようにされた挙句、情けない思いをしてしまったという相憐れむ気持ちがそうさせ

たのかもしれない。

宵の口だというのに、『吉野』は客がいっぱいだった。

弥助を見たおゆきは、一瞬、整った長眉を寄せて顔をしかめたが、気を取り直したようにきっとした顔つきになって、挑むように弥助のもとにまっすぐにやってきた。

「冷酒と肴、適当にみつくろってくれ」

おゆきは無言で軽く頷くと、料理場のほうにいき、しばらくすると酒と肴を運んできて酒を注いだ。

「もう用はないはずだろ」

黙ったまま盃を空けている弥助に、訝しそうな顔をしておゆきがいった。

「ああ。酒を飲みにきただけさ。おめえも飲むかい？」

弥助が銚子を持ち上げると、

「それが商売だからね」

おゆきは盃を受けた。

弥助は黙々と酒を飲み、時折、じっとおゆきの顔を見つめた。

（——思ったほど、おっかさんに似てねえや……）

そう思ったときである。

「あたしの顔になんかついてるのかい？」

おゆきが、険しい顔をして訊いた。

「へへ。いい女だなと思ってな、つい見惚れちまったまでよ」

弥助は思わず照れ笑いを浮かべた。

「そんなおべんちゃらいったところで、なんにも出やしないよ」

それまで固かった空気が、すっと和んだ気がした。

「ところでどうだい。もう忘れられたかい？」

弥助が、そう切り出したのは、かなり酔いが回ったころだった。

「なんのことさ？」

言葉とは裏腹におゆきは、わざとすっとぼけているのよ、というようなおどけた顔つきをしている。

「昨夜の今日だぁ、無理に決まってらぁな。へへ」

弥助が苦笑いしていうと、

「ねえ、今夜はあたしがあんたに話があるんだ。店が終わったら、ちょいと付き合ってちょうだいよ」

と、おゆきは流し目をくれて盃を空けた。

店が終わるまで酒を飲み続け、したたかに酔った弥助は六間堀町の自分の長屋におゆきを連れていって、おゆきを抱いた。

「あんな男のこと、あんたが忘れさせてっ――」

行燈《あんどん》のほの暗い部屋の中で、おゆきは惜し気もなく上気した裸体を晒し、悦楽に満ちた顔を歪ませて何度も叫ぶようにいいながら、弥助の背中に爪を立てた。

「――ねえ、あんた、あたしの男になってくれない？」

半刻ほどして事を終えると、おゆきはしっとりと汗ばんだ肌を隣で横になっている弥助にくっつけていった。

「おめえも物好きな女だな。おれみてぇな男のどこがいいんだよ」

酔いが抜けず、けだるい疲れが全身にまとわりついていることも手伝って、弥助は投げやりな気分になっていた。

「じゃあ、なってくれるんだね？」

おゆきは、ぱっと顔を明るくしていった。

「だがな――」

弥助がそこまでいうと、おゆきは遮るように、

「わかってる。あたしは、こんな女だもの。間違っても夫婦になってくれなんていわ

ないよ。あんたにいい女ができるまでいいからさ」

と、あっけらかんといったのだった。

その日から、おゆきは弥助の家に毎日くるようになり、身の回りの世話をするようになった。

おゆきは武州八王子《ぶしゅうはちおうじ》の貧農の四人兄妹の次女に生まれ、食うや食わずの暮らしの中で育ったという。十《とお》で口減らしのために深川の荒物屋に奉公に出され、年季が明けるとすぐに料理茶屋勤めをするようになった。

長兄はずいぶん前に病没し、ふたりの妹たちもどこかに身売りされて行方は知れず、一家は離散して天涯孤独の身であるらしい。

そんなおゆきだったが、水商売の女にしては家の中のこともひととおりやり、洗い物や繕《つくろ》いも小まめにして、弥助を薄汚いなりにしておくことはなかった。

唯一、閉口することがあるとすれば、おゆきの好色さだった。店にいく前に、おゆきは必ず弥助の体を求めるのである。そうしなければ、店にくる好みの男に口説かれて抱かれてしまいそうになる自分が怖いのだといったことがある。

そうやって金を得てきたのだから、好きにすればいいではないかと弥助は思ったが、口に出していわなかった。おゆきはおゆきなりに、これまでの生き方を悔い改めようと必死になっているような気がしたからである。

かといって、弥助はおゆきに惚れているわけでも情けをかけているわけでもなかった。

渡りだが腕のいい板前の弥助は、呼ばれた店が高級料理屋だろうと小さな居酒屋だろうと関係なく、仕事に手を抜くようなことはしない。

その店に合った料理を出し、約束した期間が終われば、給金が良くてどんなに居心地の良さそうな店であっても、弥助はなんの未練も感じなかった。

ただ、どうにも我慢がならずに腹を立てて、自分から約束した期間の途中で辞めることはたびたびあった。弥助が作った料理に客や店の主から文句をつけられたときだ
──そんな自分とおゆきは似たようなものだ、と弥助は思っている。

弥助から、いい女ができたといわれれば、おゆきは黙って自分と別れてくれるに違いない。それまでは女としての仕事に手を抜くことなくやれば、それで自分は満足だと思っているのだ──そう、おゆきに自分を重ねて都合よく解釈しているのだった。

だが、喉に刺さったままの魚の小骨のように、気にかかっていることがひとつだけあった。

おゆきと付き合うようになって半年近くが経とうしている今も、万吉が自分の兄で

あることを告白していないのである。

当初は、おゆきをこれ以上傷つけるのは酷だという気持ちがあったからだが、今はそれを切り出すのは弥助がおゆきの体に飽きたときの、別れるときのいい台詞《せりふ》だという気がしている。

四

「弥助、いるかい？」

おゆきが家から出ていって少しすると、腰高障子の外で、低いがよく通る男の声がした。

（重蔵親分?!――）

聞き覚えのある声に、弥助はどきりとした。

「へ、へい――」

戸が開くと、六尺ほどもある大柄で、がっしりとした体躯の苦み走った顔の重蔵が入ってきた。

「親分、ご無沙汰しております。いってぇどうしたんで？」

弥助は夜具を慌てて片付けながらいった。

「ちょいと、おまえに頼み事があってね」

「親分がおれに頼み事？　そりゃあ、おっかねぇな――まぁ、上がってくだせぇ。冷《つめ》てぇ麦茶でも出しますんで。へへ」

「そいつは、ありがたい。いただこう」

「――で、おれに頼み事ってのはなんです？」

弥助が差し出した麦茶を手に取る前に、重蔵は部屋の中を見渡して、

「やけに部屋の中、片付いてるじゃないか。さっき、ここを出ていった様子のいい女とは長いのかい？」

さすが、重蔵は鋭い。

「ああ、あの女は料理茶屋勤めの女で、遊びで付き合ってるだけでさ。直《じき》に別れるつもりですから、気になさらないでくだせぇ。それより、おれに頼み事ってのはなんですかい？」

「ひと月後の七月十五日は、おまえさんのおとっつぁんの七回忌だろ？」

「――ああ、もうそんなになりますかねぇ……」

「弥助、自分のおとっつぁんの七回忌を忘れてるってのは、薄情すぎやしないか？」

重蔵が苦笑いしていうと、

「ち、違いますよ、親分。おとっつぁんの命日は覚えていますが、逝って何年経ったかなんていちいち気にしちゃいねぇもんで、つい。へい」

弥助は、ばつの悪い顔をしている。

「ところで、おまえさん、去年の法事、顔を見せなかったのはどういう了見なんだね？」

弥助は、一瞬、言葉に詰まった。実は、兄の万吉に顔を見せるなといわれたからそうしたのだが、それをいえば事がややこしくなるだけだと思ったのである。

「いろいろ忙しくしてたんでさ。それに叔父貴たちもくるんじゃ、ひと悶着ありそうだから遠慮したまでで、へい――」

万吉や弥助、佐平が生まれる前から、おちかと犬猿の仲の叔父たちとは、万吉が叔父たちからの仕入れを減らしてからというもの、さらに溝が深まっているのだが、さすがに年に一度の長男である伊作の法事には叔父たち夫婦も顔を出している。

「おまえさんの親戚たちのことは、ちょいと横においといてだな――長男の万吉が、今年の七回忌の宴席は佐平に仕切らせろっていってるらしいんだ」

「なんでまた？――親分、七回忌ですぜ。そりゃあ、長男の万吉兄貴が仕切るのが筋ってもんでしょ」

弥助は、納得がいかないとばかりに眉をひそめている。

「まぁ、万吉にもいろいろ事情があるんだろ」

「ふん。どうせ、義姉さんの入れ知恵さ」

弥助は、吐き捨てるようにいった。

「一番下の弟の佐平と先だって会ってな。万吉兄さんは婿養子に入ったんだし、おとっつぁんの仏壇がある自分のところが七回忌を取り仕切るのが本当なんだから、それは構わないっていってたよ。だが、商いがうまくいっていなくて、余裕がないんだそうだ。そこで法事の後の宴席は料理屋を借りないで自分の家でやるから、弥助、おまえさんに料理を作ってもらえるように頼んで欲しいといわれて、こうしておれが訪ねてきたってわけなんだ」

「親分、そんなことならなんてことはねぇことですから、喜んで引き受けますよ。しかし、佐平の商い、うまくいってねぇんですかい？」

重蔵は懐手をし、

「うむ。もともと佐平の店は表通りから少し引っ込んだ場所だからな。佐平は店をおしずさんに任せて、自分は重い荷を背負って行商して歩いていたんだが、無理が祟って、今寝込んでるって話だ」

「佐平のやつ、大丈夫なんですかい？」

「しばらく休めば平気だって本人はいってるんだが、おしずさんはもともと体が弱くて、そのうえ頭痛持ちらしいな。だから、今はおちかさんが店を切り盛りしてるそうだ」

「おっかさんだって、気持ちは若ぇけど、いい年なんですぜ……」

弥助は腹立たしそうに顔を歪めていうと、さらに続けた。

「だから、おれは万吉兄貴の口車に乗せられて、佐平が店をやるって言い出したとき、反対したんだ。それなのに、おっかさんが金を出すから、佐平にやってごらんなんていったのがいけねぇんだ」

「今さらそんなことをいったってはじまらないだろ」

重蔵は苦笑いを浮かべている。

が、弥助の怒りは収まらないようで、

「だいたい、おっかさんは昔っから万吉兄貴と佐平に甘ぇんだ。だから、万吉兄貴は女房の尻に敷かれっちまうようになっちまったし、佐平にしたところであんな甘やかされて育った野郎が店なんか出してうまくいくわけがねぇんですよ」

弥助は、いよいよ腹が立ってきたようで、重蔵に子供のころのことを話しはじめた。

「親分、聞いてくださいよ。おれは小せぇときから着るもの、身につけるもの、なんでもかんでも万吉兄貴のお下がりばかりあてがわれてたんですぜ――」

しかし、四つ下の末っ子の佐平に弥助のお下がりがいくことはなく、兄貴の万吉同様いつも新しいものばかり買ってもらっていたという。

「おまえさんだけ、割を食っていたってわけかい」

よく聞く話だと重蔵は思いながら、弥助に少しは同情の念が湧いてきた。

「おっかさんにいわせると、万吉兄貴より二つだけ年下のおれなら、万吉兄貴のお下がりもそれほど傷んでいねぇが、万吉兄貴より六つも下の佐平が身につけるころには、繕いのしようがないほどぼろぼろになっているからだというんだけどね。そのうえ、おとっつぁんにまで、〝おまえは次男で、佐平の兄なのだから我慢しろ〟なんていわれちゃ、たまったもんじゃありませんや」

「まぁ、それはひねくれちまってもおかしかないな」

重蔵は、不貞腐れた笑みを浮かべている弥助にますます同情していった。

弥助にしてみれば、好き好んで次男で生まれてきたのではないのだ。なのに、どうしてそう自分だけ我慢ばかりしなければならないのか、幼い弥助には理不尽極まりなかったろう。

　そのうえ、容姿から頭のできまでいつも万吉と比べられて馬鹿にされていたというのだから、まったく立つ瀬がないというものである。

　そんな弥助は、ずいぶん大きくなるまで、自分はこの家の子ではないのではないかと、疑心暗鬼にかられ、いつか捨てられるのではないかと怯えたものだったという。

「そこまで自分を追い込んだのかい……」

　重蔵は同情を通り越して憐れみさえ感じていった。

「そんなおれの気持ちをあるとき、おっかさんにぶつけたことだってありましたよ。そうしたら、なんていったと思います？――」

　弥助はそういうと、おちかの声音を真似て、

「おまえのいうとおり、万吉は長男で、父さんも同じ長男だから期待していたし、あたしも甘やかして育てたのは認めるよ。だからこうなってしまったといわれれば返す言葉がない。だけどね、佐平も末っ子だから確かに甘やかして育てたけれども、あの子は本当にやさしい親思いの子だよ。でなきゃ、末っ子なのに親の面倒なんか見てはくれないじゃないか――こういいやがりました」

　といって、顔を少し歪めて笑い、

「だから——じゃあ、どうしておれだけ可愛がられなかったんだ？　頭のできが悪くて、可愛げのない面ぁしてたからか？　っていってやりましたよ……」

弥助は自嘲するような薄笑いを見せている。

弥助だけどっちの親にも似ず、いかつい顔をしており、そのこともこの家の子供ではないのではないかと不安にさせた原因のひとつだったらしい。

「おまえさんの、ひがみ根性は筋金入りだな——おちかさんにいわせると、おまえのことだって、万吉や佐平と同じように可愛がったそうだ。だが、弥助、おまえさんは小さいころから利かん気ばかり強くて、親のいうことなんかなにひとつ聞かなかったそうじゃないか。奉公先を探したときだって、商人は嫌だってごねて、家出同然で飛び出して板前になった。挙句は、刃傷沙汰まで起こして——おちかさん、どれだけ悲しんだことか……」

重蔵はそういうと、ふぅ～っと大きなため息をついた。

「親分、その節は本当にすいやせんでした」

「そのことはもういい——じゃあ、弥助、七回忌の料理の件は頼んだよ」

「へい」

弥助の返事を背中で受けて、重蔵は弥助の家を出ていった。

（まったく、あのお凜もやってくれるもんだぜ）

五

その日、弥助はまだ日が高いうちから、長屋の近くにある十人も入ればいっぱいの居酒屋の片隅で、ひとり酒を飲んでいた。

昼の八ツごろ、弥助は両国橋を渡って尾上町《おのえちょう》にある料理屋『江差屋《えさしや》』に呼ばれて仕事の打ち合わせにいった。

その帰り道、よしず囲いの軽業小屋や芝居小屋、物売りが並ぶ賑やかな通りをぶらぶらと歩いていると、人込みの中で万吉のお内儀のお凜の姿を認めた。

声をかけようかどうしようか迷って見ていると、お凜はなにやら警戒しているようにあたりに目を配りながら、やけに足早に歩きはじめた。

どうも様子がおかしい。いったいどうしたのだろうと、弥助は気付かれないようにお凜の後を尾《つ》けてみた。

やがてお凜は米沢町《よねざわちょう》三丁目を過ぎて、薬研堀《やげんぼり》のほうに曲がり、元柳橋《もとやなぎばし》近くのとある出合い茶屋の前で足を止めると、素早くあたりを窺って逃げ込むように中に入っていった。

（おいおい、これはいってぇ……）

弥助は柳の木の陰で呆然と佇《たたず》んだ。すると、ややあって今度は派手な浴衣を着た二十四、五の痩せた背の高い、妙に目鼻立ちが整ってはいるが病んでいるのではないかと思うほど浅黒い顔色をした男が、お凜がきたのと反対側の道からやってきて、お凜が入った茶屋に入っていったのである。

（あの男、どこかで見たような——あっ……）

男は、尾上町の芝居小屋に出ている中村座《なかむらざ》の雨太郎《あめたろう》という人気役者だった。

顔色が異常に浅黒いのは、厚塗りの化粧焼けのせいなのだろう。

雨太郎の人情芝居は、おゆきにねだられて一度だけ見にいったことがあるが、弥助はどこがいいのかさっぱりわからなかった。

そういえば、おっかさんが、お凜は暇さえあれば芝居見物にいっていい気なものだと憎々しげに愚痴っていたことがある。

しかし、役者と逢瀬するまでに熱を上げているとは、さしもの弥助も驚いた。

（どうしたもんか……）

お天道さんが、じりじりと照りつけ、じっとしているだけで汗が噴き出てくる暑さの中、弥助は動くに動けず、ただぼんやりと出合い茶屋を見上げて突っ立っていた。

久しぶりに見たお凜は、二人目の子を産んだせいか、以前よりいくらかふっくらとして、胸も尻の張りも一段と大きくなっているように感じられた。

そのお凜が、あの役者に抱かれ、あられもない姿態を見せて喘ぎ声をあげているのかと思うと、弥助の体も火照《ほて》ってくるようだった。

その一方で、見てはいけないものを見てしまったという気持ちと、思わぬ果報が訪れたというような相反する思いが複雑に絡み合って、弥助の頭の中は混乱していた。

弟の佐平に売れ残りの品物を押し付け、浮気女との尻ぬぐいをさせた揚句に金輪際自分の前に顔を出すなと言い放ち、尻に敷かれるほどに惚れ抜いて、母親のおちかに憎まれているお凜に浮気されている万吉を、弥助は今度こそ「ざまぁねえや」と笑っていいはずだった。

しかし、不思議なことに弥助は、何故か万吉を笑うことができずにいる自分に戸惑っていた。

(――これが肉親てもんか……)

そう思うと、弥助の中に猛烈な怒りが湧いてきて、その矛先はまっすぐにお凜に向けられていった。

義理の母親のおちかをないがしろにして、万吉を尻に敷き、自分は芝居見物を楽しんで役者なんぞに狂った挙句、逢い引きまでするお凜は、ただの性悪な女でしかないではないか。

（あの淫売女がっ——）

一刻近く経ったろうか、あたりが薄暗くなってきていた。

気配を感じて出合い茶屋の入口に目を向けると、雨太郎が出てきた。そして一瞬立ち止まり、充分堪能させてもらったとばかりに、にやりと笑った顔を見せると、やってきた道へ足早に去っていった。

それから少しして、鬢に片手を当てて、目を伏せながらお凜が出てきた。

と、お凜はすぐに足をぴたりと止めるや目を剝き、口をぽっかりあけたまま、手にしていた上等な錦の手提げ袋をぽとりと落とした。無理もない。目の前に怒気を露《あら》わにした顔の弥助が立っていたのだ。

落とした手提げ袋を弥助が拾い、お凜に差し出すと、お凜は立ちつくしたまま微動だにせず、見る間に顔から血の気をなくしていった。

「幽霊が出るには、まだ早ぇ時刻ですよ」

弥助はお凜を睨みつけていった。お凜の体から放たれている強い化粧と汗の混じった匂いが鼻をつき、さっきまでしていたであろう淫靡な行為を生々しく想起させた。

「義姉さん、こういうことはもっと用心してやらねぇと――」

弥助は、顔を紙より白くさせているお凜にそれだけいい、さっきまであの雨太郎という役者にいいように揉みしだかれていたであろう、お凜のふくよかに張り出している胸に手提げ袋を押し付けて背を向けた。いざお凜の顔を間近に見たとたん、なにをいっていいのかわからなくなったのである。

歩を少し進めたとき、弥助の背中にお凜がなにかいったような気がしたが、弥助は振り向くこともなく、その場を去ったのだった。


「座らせてもらうよ――」

店に入って少しすると、聞き覚えのある低く、よく通る声に弥助は我に返った。

「お、親分――先だってはどうも……」

いいも悪いもいう間もなく、向かいに腰を落ち着けた重蔵に、弥助は自分がなにか悪いことをしたわけでもないのにうろたえた。

「どうした？　なにかあったのかい？――お〜い、冷酒くれ」

重蔵は、料理場の前にぼーっと立っている居酒屋の小女に首を向けていうと、ふたたび弥助に向き直った。

「どうぞ——」

弥助は飲み干した盃を振ると、緊張した面持ちでその盃を両手の上に載せて恭《うやうや》しく重蔵に差し出した。

「おお、悪いな」

「とんでもねえ——次に働く店で仕事の打ち合わせをした帰りで、いっぱいひっかけようと思って……」

頭を軽く下げてから銚子を手に持って、弥助は酒を注いだ。

「おまえさん、ずっと渡りの板前を続けるつもりなのかい？」

盃を口に近づけながら重蔵がいった。

「へえ。おれはそっちのほうが性に合ってるようで——」

小女がぶっきらぼうな顔をして、突き出しと一緒に銚子と盃を運んでくると、重蔵は弥助から受け取った盃を飲み干して返し、自分の盃に手酌しながらいった。

「性に合ってるか……いや、そうじゃない。おまえは、まだ拗ねてるだけじゃないのか？」

「拗ねてる？　おれがですかい？」

弥助は飲む手を口元で止めて、訝しい顔で重蔵に訊いた。

「ああ。おれが口を利いてやった『亀屋《かめや》』を辞めるといったとき、どうしてだって訊いたら、どこの店も儲けばかり考えやがって、嫌になっちまったっていったな。あれからだろ。おまえがひとっところに腰を据えなくなっちまったのは」

「その節は面倒かけたうえに、店まで世話してもらったというのに親分の顔に泥を塗るようなことをしちまって、本当に申し訳ねえと思ってます」

弥助は、背筋を伸ばして深く頭を下げた。

弥助が刃傷沙汰を起こしたのは、五年前のことである。

当時、弥助は深川で一、二を争う老舗《しにせ》の高級料理屋『岩瀬《いわせ》』で、二番方の板前として腕を振るっていた。

十二で家出同然で親元から飛び出した弥助は、『岩瀬』に押し入るように奉公を願い出て、厳しい親方のもとで一心不乱に料理の修業を続け、やがて先に入っていた板前たちを飛び越して二番方を任されるようになったのである。

だが、親方が病でぽっくりと逝くと、弥助を取り巻く状況は一変した。

親方の後を継いで板長になれると思っていたのだが、『岩瀬』の主人が三番方の板前で、弥助より年の若い蓑吉《みのきち》を板長に指名したのだ。

歯ぎしりするほど悔しい思いをしたが、それでも弥助はぐっと堪えた。

蓑吉が作る料理の味はすぐに化けの皮が剝がれ、常連客から文句が出て、『岩瀬』の主人がやはり板長は弥助にと頭を下げてくるだろうと信じて耐えたのである。

ところがそうはならなかった。それればかりか、蓑吉はそれまでの食材の仕入れ先をすべて変え、今流行りのとても老舗の料理屋が出すべきものではない珍妙な料理を作って、それを売りにしようと言い出したのだ。

さすがに弥助が声を大にして異を唱えると、蓑吉は自分のやり方に従わないのなら店を辞めてもらって結構だとあっさりいったのである。

弥助は蓑吉が食材の仕入れ先の魚屋や青物屋はむろんのこと、すべての店から袖の下をもらっていることを知っていた。それを店の主に告げるぞと脅すと、蓑吉はやるならやってみやがれ、そんなことは旦那もすべて承知していることだと開き直った。

堪忍袋の緒が切れた弥助は、すぐに『岩瀬』の主のもとにいって、蓑吉の珍妙な料理のことから袖の下を受け取っていることなどすべてぶちまけた。

すると、『岩瀬』の主は、

「老舗にあぐらをかいて、いつまでも同じ料理を作っていては飽きられる。時代に合った創意工夫が大事だ。おまえに親方の後を任せなかったのは、おまえは腕は確かにいいが、親子でもないのに亡くなった親方とそっくりで頑固過ぎる。そこへいくと、蓑吉はあたしのいうことを聞いてくれる。それにね、おまえを可愛がった親方だって、仕入れ先から袖の下を受け取っていたのは、あたしは承知していたが目をつむってい たんだ。だいたい、前の親方は料理はいい食材あってこそ腕が振るえるというのが口癖だったけれども、あたしはそうは思わない。それなりの食材をうまい料理にして板前はなんぼだ。蓑吉は、そこのところもよくわかってくれているから板長にしたんだよ」

と、にべもなかった。

弥助はそれを聞いて、店を辞める覚悟を決めた。

だが、ただ辞めるだけでは腹の虫が治まらなかった。料理場に戻ると、下働きの板前たちの前で散々、蓑吉の腕の悪さを罵り、自分は『岩瀬』に今日限りで見切りをつける。親方の味を受け継いだ自分の料理作法を身につけたい者はついてこいといったのだが、だれひとり手を上げる者はいなかった。

「見てみろい。腕が一流だと思っているのは、おめえさんだけなんだよ。弥助さんよ、おまえさんが二番方になれたのは、親方の理不尽な物言いにも、ただ馬鹿みてぇに黙って耐えたそのご褒美に過ぎねぇのさ」

蓑吉の侮蔑の言葉に、かっと頭に血が上った弥助は、知らぬ間に蓑吉の頬に拳を飛ばしていた。

立ち上がった蓑吉は近くにあった出刃包丁を手に取ると、目を剝いて弥助に向かってきた。弥助は蓑吉の出刃包丁を持つ手を摑み、ふたりはしばしの間、にらみ合いになった。そうしているうちに、不意に蓑吉の動きが止まり、目の前にある顔を見ると、口をぽっかり開けていた。弥助が視線を自分の右手に移すと、どうしたことか蓑吉が持っていたはずの出刃包丁の柄を弥助が握り、刃が蓑吉の脇腹を刺していたのだった。

騒ぎを聞きつけてやってきた重蔵は、弥助を自身番に連れていき、事のいきさつを訊いた。

重蔵は弥助の気持ちもわからないではなかったが、もし蓑吉が命を落とすようなことがあれば、弥助を奉行所に突き出さざるを得ない。

しかし、不幸中の幸いで蓑吉は一命を取り留め、『岩瀬』の主が店の信用にも関わるから表沙汰にしないでくれといったので、重蔵はそれで事を収めたのである。

それからしばらくすると、重蔵がわざわざ弥助のもとにやってきて、松井町《まついちょう》にある『亀屋』という店が板長を探しているから、そこで腕を振るってみないかといった。

『亀屋』の主と女将《おかみ》は、給金もはずむし、老舗の『岩瀬』で二番方をしていた板前ならば、きっと自分の店にも上客が増えるだろうから、弥助を喜んで迎えるといっているというのである。

　弥助は意気込んで引き受けた。そして、弥助は魚や青物、味噌、醬油に至るまで食材を厳選し、亡くなった『岩瀬』の親方から仕込まれた技のすべてを注ぎ込んで腕を振るった。

　しかし、料理の値段は高くなり、高級料理屋で出す上品な味は、『亀屋』の常連には合わなかった。

　その一方で、少しずつではあるが舌の肥えた上客たちも増えてきたのだが、それまでの常連客たちの店離れには追い付かず、『亀屋』の主と女将から次第に文句が出るようになった。

　弥助は『亀屋』の主と女将と何度か話し合いを持ったが、いつも互いに相いれなかった。

『わたしは格式の高い店にしたいわけじゃない。もう少し料理の値段を下げるわけにはいきませんかね』

『そんなことをしては足が出てしまいます』

『だから、なにも高い食材にしなくても、以前のところのものでもお客はわかりゃしませんよ』

『いえ、舌の肥えたお客さんにはすぐにわかります』

『板長、料理のことだけじゃないんです。板前たちも板長の厳しすぎるやり方にはついていけないって訴えているんですよ。もう少し、丸くなってもらわないと……』

下で働く年の若い板前たちが、弥助の厳しい教え方に不満を持っているのはわかっていた。

だが、弥助は下働きの板前たちに優しくしようなどとは思わなかった。

弥助は厳しいことで知られていた『岩瀬』の元親方に殴られ、蹴り飛ばされながらも耐えに耐えて修業してきたのである。そのやり方を変えることは、板前としてこれまでやってきたすべてを否定することになってしまう——それだけは、なんとしてもできない。

『世話になりました。今日を限りで暇をもらいます』

何度目かの話し合いの末、弥助は、『亀屋』を辞めた。三年ほど前のことだが、弥助にはもうずいぶん昔のような気がする。

「親分、おれは『亀屋』さんを辞めたとき思ったんですよ。しょせん世の中ってやつは、こびへつらい、弁口《べんこう》のうまいやつが勝ち組になるんだってね。だが、おれは馬鹿だからそれができねえ。だから、渡りの板前になることにしたんです。ひとっところに長居すりゃあ、情が湧く。情が湧きゃあ、馬鹿を見るのはわかっちゃいるが、なんとかしちまいたくなっちまう。そんなことはもうよそうってね」

「まあ、おおよそ、おまえのいうことはもっともだが、こびへつらい、弁口のうめえやつは二年、三年は勝ち組でいられるだろうが、人間の一生は五十年が勝負だ。おまえの了見は、ちょいと狭くないかね？」

「そうですかねえ。蓑吉の野郎が板長をやっている『岩瀬』を辞めて五年になりますが、未だ老舗で通ってますぜ。やってられませんや――」

弥助は酒をあおると、苦しそうに顔を歪めた。

「『岩瀬』は老舗だ。そうすぐには傾かないだろうよ。だがな、大きなとこだけに傾いたときには支えがきかず、一気にどっと倒れるもんだ。どこだって同じことがいえる。おまえの兄貴のとこの『小倉屋』も例外じゃない」

「?!――『小倉屋』も例外じゃねえって、親分、そりゃどういうことです？」

弥助は飲む手を思わず止めた。

「実はこれはおちかさんにもいってないことなんだが、ひと月ほど前のことだそうだ。『小倉屋』の番頭の宗兵衛《そうべえ》が、博打で負けた金や吉原通いの金の引負《ひきおい》（店の金を使い込むこと）を繰り返して、すべて合わせると百両を超える額になっていることが、先だって発覚したそうだ」

髪結いの廻り仕事をしている定吉が、吉原で摑んできた話だった。定吉から聞いた話では、万吉の『小倉屋』は、今じゃ仕入れ先に払う金もままならない状態だそうである。

「しかし、訴えがないんじゃ、おれも動きようがない。ま、例によって、商人の見栄だの体面だのってのがそうさせてるのさ。だが、小間物を扱うもんたちの間じゃ、その噂は広まっていて、公然の秘密だそうだ。なんでも以前から、宗兵衛って番頭、ちょこちょこ引負していたらしいが、おまえの兄貴の万吉は店の金のことは宗兵衛に任せっきりで、まるっきり気が付かなかったらしい。小間物を扱うもんたちの間では、これだから入り婿はしょうがねえと、いい笑いもんになってるそうだ」

重蔵は、苦そうに酒をあおった。

弥助は言葉を失っていた――万吉が伊作の七回忌を佐平のところに任すというのも、そういう事情からなのだろう。お凜があんな役者と逢引きしたのも、万吉に愛想を尽かしたからではないのか？　あの見栄っ張りな万吉のことだから、叔父貴たちには意地でも支払いを滞らせることはないだろうから、まだおっかさんや佐平の耳にも入らないのだろう——だが、重蔵のいったことがもし本当なら、いずれ佐平の店も潰れてしまい、一家は路頭に迷ってしまう。

「親分、実は、さっき、この目で見たことなんですが——」

弥助は、万吉の女房のお凜が役者と浮気している現場を見たと重蔵に伝えた。

それを聞いた重蔵は、右手で顎をさすりながら、

「ふむ。しかし、お凜さんの浮気を万吉が責められるかねぇ。いや、弥助、おまえにしたところで、偉そうな口は利けないんじゃないのかい？」

と、思わせぶりな口調でいった。

「お、親分、いってぇ、なにがいいてぇんですぅ？」

弥助は目を泳がせながら訊いた。

「『吉野』って料理茶屋勤めのおゆきと、おまえはいったいどういう関わりなんだね」

重蔵の物言いは穏やかなものだったが、その目は『白状しないと承知しないぞ』という岡っ引きのものになっている。

「へい。それが——おゆきってぇ女、実は……」

弥助は参りましたとばかり肩を落として、正直に語った。

弥助の話を聞き終えた重蔵は、しばらくの間、視線を宙に向けて黙り込んで思案し

た。

そして、しばらくすると、弥助の顔をじっと見つめて、

「ふふ。おゆきって女、使えるかもしれねぇな」

重蔵がいうと、弥助は眉をひそめて重蔵の顔をじっと見た。

「なぁ、弥助、ここはひとつ相談なんだが……」

「へい、なんでしょう？」

「このまま手をこまねいていては、おまえさんの家族はたいへんなことになってしまう。助けることができるのは、弥助、おまえだけだとおれは思う。そこでだ。ここは、ひとつ腹を決めていいたいことをいって、その一方でひと芝居打ってみないか？」

「親分、親分のいってることは、おれにはさっぱりわからねぇ。いってぇ、どういうことです？」

「弥助、耳を貸してくれ――」

重蔵はそういうと、耳を差し出してきた弥助に、耳打ちをした。次第に、弥助の顔つきが変わっていった。

「どうだい？　やってみる価値はあると思わないかい？」

「へい。わかりやした。親分、やります」

弥助がきっぱりいうと、立ち上がって飯台の上に小銭を出した重蔵は、

「なぁ、弥助、おまえは確かに馬鹿正直で頑固もんだから、損な役回りばかりするだろう。だが、おれはそんなおまえが嫌いじゃない。だいたい、世の中、小利口なやつらばかりにのさばられたんじゃ、おもしろくもおかしくもないからな」

といい、いつもの鋭い目つきとは別の、まるで我が子を見つめるようなまなざしを弥助に向けて店を出ていった。

六

それから半月後の七月十五日の伊作の七回忌——弥助は汗だくになって、朝から町じゅうを駆けずり回って食材を買い求め、昼飯を食べてすぐに佐平の家に出向いて料理の下準備をはじめた。

そして伊作が眠る長桂寺《ちょうけいじ》に親兄弟と親戚一同が集まって行われる法要にも出席せずに、ひたすら包丁を振るった。

形式だけの供養より、七回忌に集まってくれた者たちに喜ばれる料理を心を込めて作るのが、自分なりの伊作への供養だと考えたのである。

総勢二十人余りの料理を作り終え、二階の部屋に宴席が設けられたのは、ちょうど陽が陰りはじめた七ツ半だった。

膳には——千切りにしたウドに辛子の葉をあたり鉢ですり潰し、二杯酢で和えた小鉢。車海老と山芋をすり潰したものをひと口大にして、甘辛く煮た海老団子。ごぼう、にんじん、里芋、こんにゃくを油で炒めて、醬油と酒で味つけをした煮物。鰹《かつお》をさっと炙って作ったたたきのお造り。汁物は、おおぶりの 蛤《はまぐり》 を塩と酒で煮た潮汁。豆腐田楽に香の物——それらが彩り鮮やかに盛り付けられていた。

襖を外して広くした二階の部屋の上座の真ん中に、佐平とおしずと息子の新吉《しんきち》、その左におちかが座り、右側に万吉とお凜、息子の伊太郎《いたろう》と娘のおたよ、その横に弥助の膳があり、下座には伊作の弟四人の夫婦とそれぞれの息子や娘たちが座り、一番隅の席に重蔵がおり、総勢二十人余りが集まっていたが、弥助の姿だけがなかった。

「おっかさん、弥助兄さんの姿が見えないけれど、どうしたんだろ?」

左隣のおちかに、病み上がりで顔色の悪い佐平が小声で訊いた。

「さっきまで台所にいたんだけど、ちょっと出かけてくるって出ていったんだよ。まさかそのまんま、顔を見せないつもりじゃないと思うんだけどねぇ……」

おちかは顔をしかめている。

「佐平、弥助なんかうっちゃっといていいから、そろそろはじめなさい」

　万吉が苛立っていった。

「あ、うん――え～、ではみなさん……」

　と、佐平がいったとき、下で戸の開く音がして、階段をどたどたと慌てて上がってくる気配に佐平は口をつぐんだ。

「いやぁ、待たせちまって、すまねぇ――」

　弥助が姿を見せると、一同は凝然とした。

　一同の視線は弥助にではなく、そのうしろに立っていたおゆきに向けられている。殊さらに目を剝いて、啞然と口を半開きにして驚いているのは万吉だった。おゆきはおゆきで、顔面蒼白にしている。万吉の隣にいるお凜は、なにか心に秘めたものがあるのか固い表情をしている。そんなみんなの様子を、重蔵は無表情のまま、黙って見守っている。

「佐平、続けてくれ」

　弥助は、そういうと万吉の視線を無視するようにして、万吉の娘の隣にある自分の膳の前に腰を下ろし、隣の席のおたよに「ちょっと詰めてくれ」といって、おゆきを自分の隣に座らせた。そのおゆきは、いたたまれないという様子で肩をすぼめて、顔を下に向けたまま身じろぎひとつしない。

「え〜、では――本日は、お暑い中、またお忙しい中を父、伊作の七回忌においでいただきありがとうございます」

佐平は緊張となにか不安を抱えているようで、声を上《うわ》ずらせて続けた。

「例年は、料理屋にご一同さまを招いて亡き父を偲んでいただいていたのですが、今年は遠慮のいらないほうがいいだろうと思い、狭い我が家ではありますが、こちらで執り行うこととさせていただきました。しかし、お出しした料理は、ご覧のとおり、一流の料理屋に引けを取りません。これらの料理は、板前をやっている兄の弥助が腕を振るったものでございます。どうか、ご都合の許す限り、酒膳をお楽しみいただければと思います」

拍手がわき、献杯の後はそれぞれが銚子を傾け、座がざわつきはじめたが、一同の視線はちらちらとおゆきに注がれている。その刺すような視線を感じながら、弥助は黙々と酒を飲み、ほどよく酔ってきたところで、あぐらをかいたまま突然大きな声でいった。

「みなさん方、さっきから、おれの隣にいる見知らねえ女が気になっているようだから、挨拶させてもらいてぇ――」

座が静まり返った。弥助は、一同をぐるりと見回し、重蔵のところで視線を止めた。

と、重蔵は懐手をしたまま、無言で、「うむ」といわんばかりにしっかり頷いた。

弥助は、それを確かめると、さっきより大きな声でふたたび話しはじめた。

「おれは五年前、刃傷沙汰を起こして、みなさん方にはたいへんな迷惑をかけた。そのことは、改めてこの場で申し訳なかったと詫びてぇ。このとおりです」

弥助はあぐらをかいている両膝に両手を置いて頭を深々と下げ、少しして顔を上げると、

「ところで、親父が死んで七年になる今年、おれも三十二になります。そこで、この七回忌を機におれも隣にいるこのおゆきと所帯を持って落ち着こうと決めました。ですが、いずれ知れることでしょうから、この場で、みなさん方におれの口からいっておきてぇことがある。このおゆきは、両国広小路にある料理茶屋で働いている女です。後々、このおゆきの噂が噂を呼んで、みなさん方の耳障りになることが多々聞こえてこようかと思いますが、聞き流してもらいてぇ。どうか、よろしく頼みます」

そういって、弥助はまた頭を下げた。

「おい――」

頭を下げたまま弥助が、隣のおゆきに小声でいうと、おゆきは慌てて畳に両手をつ

いて、

「ふ、ふつつか者ではございますが、どうぞよろしくお頼み申し上げます……」

と、声を震わせて頭を下げた。

緊張からなのか、体も小刻みに震えているのが弥助にも伝わった。

座は静まり返ったままだ。

と、佐平が、

「はは、ははは。いや、これはめでたい。いやぁ、めでたい。ねえ、おっかさん」

と、素っ頓狂な声を出して手をたたいた。

すると、ぱらぱらと親戚たちから、いかにもお追従といわんばかりの力のない拍手が起きた。

弥助が顔を上げると、おゆきもようやく顔を上げ、弥助は怒りを顔に露わにして手酌で盃を重ねた。

弥助は横目でちらりと万吉の顔を盗み見たが、万吉は蠟で固めたように表情を失くし、口を真一文字に結んでいる。

そして、座がふたたびざわつきはじめたときだった。

突然、万吉の隣にいたお凜が膳を横にずらして前に出て、畳に両手をついて一同を見回した。男好きのするお凜のうりざね顔には、まるで死を覚悟したかのようなただならぬ悲壮感が漂っている。

部屋じゅうが、さっきとは違う、張りつめた静けさに包まれた。

「わたくしからもこの場をお借りして、みなさまに申し上げたいことがございます」

表情をなくしていた万吉が、目を剝いてお凜を見つめている。

「ご親戚のみなさま方は、すでにお聞き及びかもしれませんが、うちの番頭をしておりました宗兵衛が百両ものお金を引負いたしました——」

佐平が持っていた盃を畳に落として目を見開き、おちかはぽっかり口を開いてお凜を見ている。

「そのため仕入れ先への支払いも滞っており、ご親戚のみなさま方へも近いうち、滞ることになろうかと思います。ですが、それはうちの人の責任ではなく、すべてわたくしがいけなかったのでございます。うちの人に、あなたは『小倉屋』の主なのだから、店には顔を出さないですべて番頭の宗兵衛に任せるのが主というものですなどと、差し出がましいことをいったわたくしがいけなかったのです。いえ、それだけではございません。ご親戚のみなさま方からの仕入れを減らし、よその職人さんたちにも声をかけ、品揃えを増やすようにいったのもわたくしでございます。それもこれもすべては、わたくしがいけなかったのです。どうか、この浅はかなわたくしをお許しください。そして、うちの人を、『小倉屋』をお助けください。このとおり、このとおりでございます。どうかくれぐれも何卒、よろしくお願い申し上げますっ……」

お凜は言い終わると、憔悴しきった顔を見せ、畳に額を押し付けるように頭を下げた。

弥助から見える、お凜のそのうしろ姿は、泣いているのだろう、小刻みに震えている。

（ふん。あのお凜が流している涙は泣きの涙じゃねえ、悔し涙だろうが、この際そんなこたぁどうでもいい……）

弥助は盃をあおって、縮こまったまま親戚たちにひれ伏している、お凜のいやらしいほどに肉のつまった大きな尻を見ながら、胸の内でつぶやいていた。

こうして親戚たちに詫びを入れ、店を助けてくれとお願いしろとお凜に言い渡したのは、弥助だった。そうしろと知恵を授けたのは、むろん重蔵である。

弥助は、重蔵のいうとおりに二日前にこっそりお凜を呼び出して、自分のいうことに従わなければ、万吉に雨太郎というあの役者との浮気をばらすと脅したのだ。

「お凜、頭を上げなさい――」

畳に額をこすりつけているお凜に万吉はそういうと、おもむろにお凜の隣に進み出て、同じように両手をついて一同を見回してから、

「『小倉屋』の主はこの万吉。店のすべてのことはわたしに責任があります。古くは叔父さんたちからの仕入れを減らし、親父に隠居するよう言い渡したのも、わたしが一存で決めたことでございます。そして、今回の番頭・宗兵衛の引負の件も、わたしの監督不行き届きの失態にほかなりません。そんなわたしが、このようなお願いを申し上げるのは、なにを今更面《つら》の皮が厚過ぎることをと笑われても致し方ございませんが、みなさまのお情けにすがるより他に手立てがありません。どうか、『小倉屋』万吉、このとおりでございます。これまでのご無礼を心からお詫びいたしますとともに、みなさまのお力をお貸しくださいますよう、お願い申し上げる次第でございます」

万吉が深々と頭を下げると、佐平に続いて、おしずまでもが慌てて進み出て、万吉の隣に座って頭を下げた。

が、叔父たちは、いつまで経ってもうんともすんともいわず、顔に薄笑いを浮かべて見ているだけである。

すると弥助が、憤懣やるかたないとばかりに酒を一気にあおって立ちあがり、

「おう、叔父貴たちよ、なんとかいったらどうなんだよっ」

と声を荒らげて叔父たちをじろりと睨みつけた。

「弥助っ」

おちかが鋭い声でいった。

「おっかさんは、黙っててくれ――」

弥助はちらっとおちかを見て、ふたたび、叔父たちに怒気の溜まった目を向けると、

「なに、にやついてやがるんだよ。兄貴夫婦と弟夫婦が頭を下げているのが、そんなにおもしれぇかっ。胸がすくかい？　叔父貴たちの面倒を見たおとっつぁんと、おめえたちになけなしの金を無心されたおっかさんの息子たちがこうして頭を下げてんだっ。それを見て、嘲笑うたぁ、どういう了見だっ。こんなときこそ、恩返しするのが叔父貴ってもんじゃねえのかいっ」

と、ひと際大声で啖呵を切った。

「弥助、おやめっ」

おちかが、ふたたび語気を強めていったが、弥助はおちかに顔を向けぬまま続けた。

「おっかさん、おれはやめねえよ。今日はおとっつぁんの七回忌だ。いいてぇことをいってやるんだ。おう、叔父貴たちよ、あんたらだって、『小倉屋』のおかげでいい思いをしたことがあっただろうがっ。だから、こうしておとっつぁんの法事に毎年顔

を出してるんじゃねえのかい。どうなんだよ。それともなにか？　おとっつぁんの息子たちを嘲笑える日が、きっとくると思って、毎年がん首揃えてきやがるのか？　けっ、万が一そうだとしたら、今ごろおとっつぁんは、草場の陰で泣いてらぁっ。どいつもこいつも情けねぇ、情けねえってよぉ。なあ、そうだろ、おとっつぁんっ、そうだよなぁ、ちくしょうっ……」

そこまでいうと弥助は、絶句した。その目からは涙がとめどなくあふれ出ていた。

「弥助、もうおやめったら、おやめ。それ以上、ご託を並べるなら出ていっておくれ」

おちかが毅然と言い放った。

「ああ、出ていってやらぁ……勘当でも縁切りでもなんでもすりゃあいい。見栄だの体面だの、隙《すき》がありゃ人を見下すことしか考えねえ、あんたらにゃ心底うんざりだ。こっちから縁を切ってやらぁ。あばよっ……」

酔いがすっかり回り、千鳥足でふらふらと部屋を出ていこうとしている弥助に、

「大丈夫かい？……」

と、立ち上がったおゆきが寄り添い、脇の下にするりと体を入れて一緒に出ていった。

「──弥助に代わって、今の無礼をこのあたしが謝ります……」

階段を下りてゆく弥助の耳に、おちかの神妙な声が聞こえた。

七

五日が経った。弥助はうだるような暑さの中、長屋の戸を開けっ放しにして、褌《ふんどし》一丁で横になっている。

伊作の七回忌が終わった日から、おゆきは弥助の家にくることはなくなっていた。

あの夜の帰り道、おゆきに支えられながら歩いていた弥助は、

「おゆき、すまねえ。おめえまでとんだ笑い者にしちまって……」

と、ろれつの回らない口でいった。

すると、おゆきはいった。

「ううん。いいんだよ。あたし、実は前から知っていたんだから。あんたが万吉さんの弟だってこと──」

「おめえ……」

ぎょっとしておゆきを見ると、

「ふふ。兄弟だもの。初めて会ったときから、目元のあたりが似ていると思ったもの。それで、こっそり確かめてみたら、やっぱりそうだったけど、あんたがいうまで知らんぷりしていることにしたの」

おゆきは悲しい笑みを浮かべていった。

「おれは、ひでぇやつだよな……」

「そんなことないよ。あんたのおかげで、万吉さんのことを忘れられたんだから――」

「おゆき、すまねぇ……」

「だから、謝んなくていいんだってば。あたしはあんたに感謝してるんだもの」

「だが、おゆき。おれは本気だぜ。もし、おめえさえよかったら――」

弥助がそこまでいうと、おゆきはかぶせるように、

「なにいってるのさ。そんなこと許されるはずがないじゃないのさ」

と、妙に明るい声でいった。

「おめえこそ、なにいってる。許すも許さねえも、おれはあいつらと縁を切ったんだ。だれも文句のいえるやつなんざ、いやしねえよ」

「血の繋がる肉親との縁なんて、切ろうとして切れるもんじゃないよ。あんたはやさ

しいんだよ。親兄弟のために、自分ひとり悪者になって——あたしと万吉さんとのときだってそうだったじゃないか」

「おれはそんな上等な男じゃねえよ。ただ馬鹿なだけだ。あのこととおめえとのことは別だ」

「ううん。一緒よ。今度は本当にいい夢を見させてもらったわ。あたしは、これで充分。でも——今度の夢は長かった分、忘れるのに苦労するだろうけどね……」

おゆきは、そう泣き笑いの顔でいって、弥助のもとから去ったのだった。

それから五日が経ち、弥助は頼まれていた尾上町の『江差屋』の仕事も断り、腑抜けたようになったまま、ぼんやり過ごしていた。

(おれは、やっぱり本物の馬鹿だ。でも、こういう生きかたしかできねぇ……)

そう胸の内でつぶやいて、のろのろと立ち上がり、水瓶へいって柄杓《ひしゃく》で水を掬って飲んでいると、

「なんて格好しているんだい」

という声が聞こえて、振り返るとおちかが土間に立っていた。

「おっかさん……」

弥助は思わず噎《む》せた。

「おや、あのおゆきって子はどうしたんだい？　買い物かい？」

茶の間に上がり、部屋を見回しておちかがいった。

以前とは違って、部屋の中は散らかり放題になっている。

「知らねえよ。そんなことより、いってぇなんの用だよ。縁を切ったんじゃねえのかよ」

「馬鹿。縁切りは親が子にいうもので、子が親にいうもんじゃないんだよ。弥助、おまえ、そんなことも知らないのかい」

「勘弁してくれよぉ。こう暑いうえに、おっかさんに説教までされたんじゃ、目が回っちまわぁ」

「あたしは、今日、おまえときっちり話をつけにきたのさ。いいから、そこにお座り」

おちかは、有無をいわさず畳を指さした。

「わかったよ——で、話をつけるって、いってぇなんのことだい？」

弥助が不貞腐れた顔をして指差されたところに座ると、

「弥助——ありがとう」

弥助の前に座ったおちかが、両手をついて頭を下げた。

「な、なんだよ、いきなり——気持ち悪いなぁ……」

おちかは顔を上げると、にっと笑い、

「なんのことって、おとっつぁんの七回忌の宴席でおまえ、みんなにお灸を据えてくれたじゃないか。あたしはあれを聞いて、長年胸にわだかまっていたものがす〜っと取れて、すっきりしたよ」

と、いった。

「なにいってんだ。あのとき、おれに出ていけって怒ったのは、おっかさんじゃねえかよ」

弥助には、さっぱりわけがわからない。

「ほんとに馬鹿だね、おまえは。あの場は、あたしが、ああでもいわなきゃ収まりがつかないだろ?」

「よくわからねぇな」

弥助は頭を掻いている。

「ふふふ。おまえのおかげで、おとっつぁんの弟たち、おまえが帰ったあと、おっかさんに謝ったのさ」

「あん? なんでだ?」

弥助は頭を掻く手を止め、ぽかんとした顔でおちかを見た。

「なんでって、おまえがいってくれたからさ。おとっつぁんのおかげでいっぱしの職人になれたことや、若いころあたしに金の無心にきたことやなんか、本当に申し訳なかった。心の中じゃ感謝してたんだってさあ」

おちかは誇らしげな顔をして、微笑《ほほえ》んでいる。

「ほんとかよぉ」

弥助は信じられず、どうでもいいというように投げやりな口調でいった。

「ああ。それだけじゃないんだよ。『小倉屋』が潰れたんじゃや、自分たちもたいへんだって、支払いなんかいつでもいいから品物を納めさせてくれって万吉にいってくれたんだよぉ。万吉とお凜ったら、いや、佐平とおしずも泣いて喜んでねえ。おまえに見せたかったよぉ」

おちかは嬉々としている。

「人に出ていけって怒ったくせに、よくいうぜ」

「だから、こうして話して聞かせてるんじゃやないか」

「五日も経ってからかよ」

「それはいろいろあったからなんだよ」

「なんだよ、いろいろって――」

「佐平が店を畳んで、『小倉屋』で番頭見習いで働くことになったんだよ。おまえのいうとおり、佐平は自分で店を切り盛りできるような才覚はないし、万吉のもとで働くのが一番いいのさ。万吉にしたところで、佐平は実の弟だから安心して信用できるからね。これで万々歳さ」

「ふーん」

おちかがいう話がもし本当だとすれば、弥助が願っていた以上のことだった。

しかし、今の弥助にはどうでもいいような、どこか遠い国で起きている話のような気さえする。

「そこでさ、おまえにひとつ頼みがあってきたんだよ」

おちかは、目を輝かせて、前のめりになっていった。

しかし、弥助は、

「悪いが、おれは今、なんにもしたくねぇんだ」

といって、ごろんと横になった。

「おや、どこか具合でも悪いのかい？」

「そうじゃねえけど――」

弥助が、横になったまま、うんざりした顔でいうと、

「弥助、おまえ、渡りの板前なんてやめて店をやらないかい？」

と、おちかが突拍子もないことを言い出した。

「どこにそんな金があるんだよ」

弥助は、呆れ顔をおちかに向けた。

「そりゃ大金はないけど、うちを改装する分にはたいして金はかからないし、それくらいの金はあたしが出すからさ」

おちかは、宝物でも見つけたように目を輝かせている。

「おっかさん、頭、大丈夫か？　この暑さで、どうかしちまったんじゃねえのか？　そんなことしたら、佐平はどうするんだよ」

「だから、佐平はおしずと新吉と一緒に万吉の家に住むことになったんだよ。ほら、あの家は向こうの両親が住んでいた離れがあるだろ？　あそこに住めば、体の弱いおしずになにかあっても安心だし、万吉も佐平がいつもいてくれたほうが都合がいいっていうんだよ」

「じゃあ、いっそおっかさんも一緒に住めばいいじゃねえかよ」

弥助は、面倒臭そうな口調でいった。

「馬鹿。あたしがあのお凜とうまくいくわけないじゃないか。そんなことしたら、あたしは息が詰まって死んじまうよ。それにしても、お凜はどうしちゃったのかねえ。あの気位の高い女が、自分から進んで涙まで流して、みんなに頭を下げるなんてさ。ひひひ……」

おちかは、お凜のあの姿を見たことがよほどうれしいのだろう、顔が緩みっぱなしである。

「そんなこたぁ、おれにはもうどうでもいいことさ」

弥助は、今となってはすべてがどうでもいいことだった。

だが、おちかの口は止まらない。

「かといって、あの家であたしひとりが住むのは広すぎるし心細いだろ? それに、おまえには、小さいころからなんにもしてあげられなかったしね。だから、おまえ、あのおゆきって子と所帯を持って、うちで店をやればいいじゃないか」

「そんなこと、できるわけねぇよ」

「どうしてさ」

「どうしてって——実は、あのおゆきって女は……」

弥助がいおうとすると、それを遮るように、

「聞いたよ、万吉からなにもかも」

と、おちかはきっぱりといった。

「えっ」

弥助がびっくりして起き上がり、おちかの顔をまじまじと見つめると、おちかは、まるでいたずらっ子のような笑顔を見せて、

「万吉のやつ、おまえがあのおゆきと夫婦になるなんて絶対に反対だっていったけどさ、あたしはいってやったんだよ。また体面かいってさ。ふふ」

といった。

「おっかさん……」

弥助は次の言葉が見つからなかった。

「おまえのいうとおりさ。見栄だの体面なんてもんは、事をややこしくさせるだけの、くだらないもんさ。だけど、おまえがあんなことというなんて、弥助、おまえはおとっつぁんに似たんだねえ」

おちかは、しみじみとした口調でいった。

「おれが、おとっつぁんに似ただって？　冗談だろ。見栄だの体面だのにやたらと拘《こだわ》ってたのは、おとっつぁんじゃねぇか」

「それは商売上の話さ。実は、おまえだけにいうけど、あたしが若いとき呉服屋に奉公してたってのは真っ赤な嘘で、ほんとはあたしも茶屋勤めしてたんだよ」

「なんだって？」

さすがに弥助も目を剝いた。

「そりゃ、もちろんいかがわしい茶屋なんかじゃないよ。だけど、世間はどうしたってそういう目で見るからねえ。だからなんだよ、うちの人の両親も弟たちも、あたしとおまえのおとっつぁんが所帯を持つことに猛反対したのは。そのうえばあさん付きじゃ、なおさらさ」

「――そうだったのかい……」

弥助は心底驚いていた。

「それに、おまえのおとっつぁんも親と同じ職人は嫌だってごねて、商人になったんだよ。おまえはおまえで商人が嫌だっていって板前になった。ほら、やることまで似てるだろ？　うちの人、いつだったか、こういったことがあったよ。弥助は、いっつも我慢を押し付けられて育ったから、自分と同じ頑固者になってしまった。おれと同じだってさ。あたしも今回のことでつくづく似てると思ったよ。おまえは、おとっつぁんと同じで、兄弟想いだから損な役回りばっかり引き受けてしまうんだろうなぁってさ」

「だけど、おれは、おとっつぁんと違って、馬鹿だからな」

弥助は苦笑いしている。

「ああ、おまえは、確かに馬鹿だ。だけどね、ただの馬鹿ならどうしようもないけれど、おまえは下に正直がつくから救われるよ」

おちかは穏やかな顔でいった。

「なんだよ、誉められてるんだかこけにされてるんだか、さっぱりわからねえ」

弥助は、照れてるような、はにかんでいるような、どっちにも見える子供っぽい顔をしている。

するとおちかは真面目な顔を拵えると、

「弥助、だからここが、ただの馬鹿になるのか正直がつくのかの決め時だよ。おまえ、おゆきって子に心底惚れているのさ。おっかさんの目に狂いはない。だから、ここであの子を逃しちゃいけないよ」

と、弥助の顔をじっと見つめていった。

（おれがおゆきに心底惚れてる？……）

弥助が自問自答していると、

「おまえ、覚えているかい？　小さいときから、いつも万吉のお下がりばかりは嫌だって泣き喚くから、おまえが十《とお》のときだよ。こんな夏の暑いときに、あたしがおまえに新しい浴衣を仕立ててあげたことあったろ？　おまえは、そりゃ喜んでねえ。だけど、喜んでいたのはできあがるまで。仕立て上がって着せたら、おまえったら首が擦れて痛いって言い出して、結局、それまで着てた万吉のつんつるてんのお下がりを着たじゃないか」

と、おちかは遠くを見るまなざしでいった。

「忘れちまったよ、そんなこと——」

とはいったが、弥助はしっかりと覚えている。

「あんときは、本当におかしな子だと呆れたけど、おまえは、どんなに着られなくなった万吉のお下がりも、いざ捨てるとなると惜しがって捨てないでくれっていったもんだったよ」

そうだった——あれはいったいどうしてだったのだろう。

「きっと、身につけているうちに、おまえのもんになっちまってたんだろうねえ。夫婦も案外それと同じもんかもしれないよ」

おちかの、しみじみといったその言葉に弥助は、はっとした。

（身につけているうちに、自分のものになっちまった……）

弥助は胸の内で、おちかの言葉を繰り返してみた。

確かにおゆきとの関係は半年になるが、飽きないどころか、いざいなくなってみると、心にぽっかり大きな穴が空いたようだった。

「おっかさん、本当にいいのか？　あんな女でも……」

弥助がおずおず訊くと、

「この馬鹿。親を泣かしてばかりいるおまえがいえた義理かい。あのおゆきって子、気が相当強そうだけれど、あれくらいじゃないと酔客相手の店を切り盛りなんてできないよ。それにさあ――」

と、そこまでいうと、おちかは、意味ありげな笑みを浮かべて口をつぐんだ。

「なんだよ？」

訝しい顔をして弥助が促すと、おちかはにやりと笑って、

「あれくらい気が強い子じゃないと、嫁いびりがおもしろくないじゃないか。おしずみたいなおとなしい嫁じゃ、こっちだけが悪者みたいな気分にさせられて割食っちまうからね。ふふふ……」

と、いった。

（おっかさん！……）

弥助の胸に不意に熱いものが込み上げてきた。

「ほら、弥助、なに愚図愚図してるんだい。さっさとおゆきのところにいかないと、だれかの手に渡っちまうよ。それでもいいのかい？」

「あ、ああ、古着屋の手に渡っちまったらてぇへんだ！」

弥助は慌てて浴衣をひっかけると、帯を締めるのももどかしそうに土間に下り、履き物をつっかけて長屋を飛び出していった。

そして、おちかも上がり框《かまち》から腰を上げ、外に出ると、重蔵が戸口に立っていた。

「おちかさん、うまく話がまとまったようだね」

「ふふ。それもこれも、重蔵のおかげだよ。どうも、ありがとう」

おちかは、深々と重蔵に頭を下げた。

「おれは、弥助に胸の中にあるもんをみんなの前でぶちまけてやれっていったまでで、なんにもしちゃいないさ」

重蔵は照れたような顔をしている。

「重蔵、わたしがなにも知らないとでも思っているのかい？『小倉屋』の番頭、宗兵衛が百両もの大金を引負したせいで店が潰れそうになっていたこと。それだけじゃない。万吉がおゆきと浮気して、その後始末をしたつもりの弥助がおゆきとできちまって、頭を悩ませていた件——重蔵、あんたはそれらをどう始末したらいいか考え抜いて、弥助を焚きつけたんだろ？」

おちかは、軽く睨みつけるように重蔵の顔を見つめていった。

だが、その目の奥には感謝の光が宿っている。

お凜が雨太郎という役者と浮気したことだけは、さすがに重蔵もおちかにはいわなかった。そんなことをおちかが知れば、大事《おおごと》になるだけだと考えたからである。

「ま、なんにしろ、なにもかも丸くおさまりそうでなによりだ」

「うん。改めて、礼をいわせてもらうよ。重蔵、ありがとう——」

おちかは軽く頭を下げた。

「おちかさん、礼だなんて水臭いこといいなさんなって」

雲ひとつない目にしみるような青空が広がる下を、重蔵とおちかは仲良く並んで歩いていった。

時代小説
二見時代小説文庫

真実の欠片《かけら》 深川《ふかがわ》の重蔵捕物控《じゅうぞうとりものひか》ゑ3

二〇二四年 一 月 二十 日 初版発行

著者 西川《にしかわ》 司《つかさ》

発行所 株式会社 二見書房
〒一〇一-八四〇五
東京都千代田区神田三崎町二-一八-一一
電話 〇三-三五一五-二三一一［営業］
〇三-三五一五-二三一三［編集］
振替 〇〇一七〇-四-二六三九

印刷 株式会社 堀内印刷所
製本 株式会社 村上製本所

落丁・乱丁本はお取り替えいたします。定価は、カバーに表示してあります。

ISBN978-4-576-23150-1
https://www.futami.co.jp/

大久保智弘

天然流指南

シリーズ

以下続刊

①竜神の髭《ひげ》
②竜神の爪
③あるがままに
④女人の秘事

内藤新宿天然流道場を開いている酔狂道人洒楽斎《しゃらくさい》は、五十年配の武芸者。高弟には旅役者の猿川市之丞、深川芸者の乱菊がいる。市之丞は抜忍《ぬけにん》の甲賀三郎で、七変化を得意とする忍びだった。乱菊は「先読みのお菊」と言われた勘のよい女で、舞を武に変じた乱舞《らんぶ》の名手。塾頭の津金仙太郎は甲州の山村地主の嫡男で江戸に遊学、負けを知らぬ天才剣士。そんな彼らが諏《す》訪《わ》大明神家子孫が治める藩の闘いに巻き込まれ……。

藤 水名子

古来稀なる大目付

シリーズ

①まむしの末裔《まつえい》
②偽りの貌
③たわけ大名
④行者と姫君
⑤猟鷹《りょうよう》の眼
⑥知られざる敵
⑦公方天誅《てんちゅう》
⑧伊賀者始末
⑨無敵の別式《べっしき》女《め》
⑩第二のお庭番

「大目付になれ」―将軍吉宗の突然の下命に、一瞬声を失う松波三郎兵衛正春だった。蝮《まむし》と綽名された戦国の梟雄・斎藤道三の末裔といわれるが、見た目は若くもすでに古稀を過ぎた身である。「悪くはないな」――冥土まであと何里の今、三郎兵衛が性根を据え最後の勤めとばかり、大名たちの不正に立ち向かっていく。痛快時代小説！